牛津大学出版社签约作家、《读者》
杂志签约作家共同抒写少年的心灵
和青春的梦想

黑暗
使眼睛更亮

张小失 著

山东城市出版传媒集团·济南出版社

图书在版编目(CIP)数据

黑暗使眼睛更亮 / 张小失著. —济南：济南出版社，2019.3

（心灵花园丛书）

ISBN 978 - 7 - 5488 - 3597 - 4

Ⅰ.①黑… Ⅱ.①张… Ⅲ.①随笔—作品集—中国—当代 Ⅳ.①I267.1

中国版本图书馆 CIP 数据核字(2019)第 036777 号

出 版 人	崔　刚
责任编辑	张伟卿　姚晓亮
装帧设计	宋　逸
出版发行	济南出版社
地　　址	山东省济南市二环南路 1 号(250002)
编辑热线	0531 - 86131741
发行热线	0531 - 67817923　86922073　68810229
印　　刷	山东省东营市新华印刷厂
版　　次	2019 年 3 月第 1 版
印　　次	2019 年 3 月第 1 次印刷
成品尺寸	150mm × 230mm　16 开
印　　张	7.25
字　　数	74 千
印　　数	1 - 5000 册
定　　价	49.00 元

(济南版图书,如有印装错误,请与出版社联系调换。联系电话:0531 - 86131736)

目　录

心灵花园

第五辑　发现智慧

第六辑　黑暗中的灵魂

第一辑

成功需要多长时间

大多数人看来微不足道的一小时，对于安田隆夫来说，却是他创建自己"连锁帝国"的黄金时间。

广阔的一小时

20 世纪 70 年代末，一个年轻的日本人开了间 20 平方米的小杂货店。由于资金缺乏，他的店里货不多，顾客冷落，生意一直处于不死不活状态。按照当时普遍的经营方式，杂货店一般到夜里 11 点就都关门了，这个年轻人也不例外。

一天夜里，年轻人打烊后忙着清理货架时，进来几个人。他正要请他们出去，却发现是来买东西的，就没有开口，等在那里。这些人走后，年轻人索性在店里多待一会，结果先后又来了几名顾客。

后来，这个年轻人就改变了作息时间，每天营业到午夜 12 点，比一般杂货店延长 1 个小时。渐渐地，他的小杂货店成了附近单身人群夜间购物的首选地点，因为这些人大多年轻，精力旺盛，夜生活时间较长。夜深人静之时，这个小杂货店主嗅到了广阔的商机。

一年后，小杂货店渐渐扩大一些，营业总额达到 2 亿日元！

这个叫安田隆夫的年轻店主乘势发展，生意越做越大。很快，他的公司在日本已有了 50 多家分店，每天深夜时段的营业额是白天的一倍。2002 年，总营业收入达到 1148 亿日元！

事情就这么简单地发端于三十多年前一个深夜的"等待"——一小时。

对于大多数人来说，一小时也许看不完一部电影，也许吃不完一顿酒席，也许打不完一场球赛；但对于安田隆夫来说，却是他创建自己"连锁帝国"的黄金时间。

真正的耻辱不是倒下，而是倒下后躺在那里。

倒下不是耻辱

进新兵连后，才知道站军姿是件可怕的事。挺胸、抬头、提胯，两腿夹紧、两眼平视——全身绷直，像根木桩。连续站上半小时或一小时，世界就变了。再寒冷的冬天，我们在那里都得忍受汗水的煎熬，头晕目眩……

"砰"的一声，后边倒下一名战士。窸窸窣窣地，好像他又爬起来重新站好了。连长站在队列前，面对我们，两眼平视，纹丝不动。如果独自置身于山洞，这样的寂寞倒也可以理解；但是，整整一个连的人马在一起啊！只隐隐约约听见呼吸声。这就是军姿。一个兵是一根桩；一个连的兵，就是一方整齐的巨石。

半个小时过去了。世界在颤抖，眼前的景物混淆成一片苍白。站军姿的时候，我常常产生奇异的感觉，例如：树好像融进了墙体，蚂蚁上树有一种别样的声音，头顶上的天空特别重……"砰、砰"两声闷响，又有人倒了。值日排长跑过去，默默地扶他们站起来。

连长纹丝不动，汗流满面，衣领、胸口全湿了。闹钟放在他脚下，滴答、滴答，每一秒都在考验我们的神经系统。时间在军姿队列中流逝得特别缓慢。耳畔传来路上行人的脚步声、谈笑声，就像来自另一方时空。这时，连长忽然前后晃动一下。

"砰"的一声闷响，连长倒了。他没吱声，翻身站起来，揉揉屁股，连灰都没拍，又重新站好。接连又是几声"砰、砰、砰"……不久，其中一名战士被值日排长搀回连队。看看闹钟，还剩最后10分钟。

连长又晃了一下，接着，放慢镜头似的向一侧倒下，全身仍那么僵直。"砰！"连长这次摔得不轻，耳朵碰破了，血流下来。值日排长急忙去扶他，连长摆摆手，自己爬起来，重新站好。我心头掠过一丝感动，瞬间就消失了。此时，整个人真的像根木桩，哪有时间和精力去调动感情？站着，站好了，站直了，绷紧了……

最后一分钟。连长忽然斜了，这次是向前栽倒的。又是一声闷响，像沙袋砸在地上。

连长的脸都紫了，但他仍然不要扶，自己爬起来，站好，但全身在哆嗦，还喘粗气。队伍里仿佛产生一种激越的气氛，最后关头，所有人都在调集最后一丝力气——坚持！

伴着闹铃声响，连长一屁股瘫在地上，叫道："弟兄们，休息！"一位兄弟跑上前，拍胸脯道："连长，这一个小时，我一次也没倒啊，我告诉自己，倒下就是我的耻辱！你不行呀！"

连长擂他一拳，说："真正的耻辱不是倒下，而是倒下后躺在那里——而我，是自己爬起来的！"

人成功与否，不是在起点，而是在终点。

起点与终点

1999 年的诺贝尔文学奖授予了德国作家：君特·格拉斯。

年轻时，格拉斯在同龄人中并不出色，高中未毕业，便被征召入伍。之后受伤、当俘虏，做农工、矿工、石匠……如果以我们现在的社会心理、现实眼光审视当时的格拉斯，他是没出息的。

27 岁时，格拉斯加入一个文学社。在这里，他虽然显示出一定的创作才华，但相对于众多的文朋诗友，他依然生存在"角落"中。学历的低浅的确限制了他。他的《铁皮鼓》手稿中，出现很多拼写错误。很难相信：这样的文字能力，会适合干作家？

然而，老天对人成功与否的决断，不是在起点，而是在终点。

当年的朋友、对手中，很多高中毕业乃至有博士头衔的同龄人，都默默地"消遁"了，唯有格拉斯的亮度越来越高，直至今天的炙手可热！

　　当然，对文学的衡量，也并非诺贝尔奖能最终定夺，获得此项奖的作家们，大多也在"消遁"，有些甚至已经被世人淡忘。但相对于当年的高学历同龄人而言，格拉斯对荣誉的需求，已可以打一个饱嗝。

　　为什么这个低学历者最终如此辉煌？格拉斯本人的话令我动容："没有完成高中学业的人有一个好处，那就是，他们一辈子都在完成高中学业，他们要坚持不懈地努力补救……"

这一切都来自于内心的那台永恒的发动机——对艺术的爱，那是我生命中最真最强的动力。

心中有一台发动机

　　战争开始后，年轻的音乐家失业了。他与他的伙伴们各奔东西，只为保命。

　　城市一个一个地沦陷，音乐家总是在不停地搬家、搬家。战争的阴影始终笼罩在人们头上，经济一片萧条。音乐家数年积累的钱已经用光，而如今又没有人能闲下来欣赏他的艺术，更不会给他报酬，音乐家成了个要饭的。

　　但是，战争开始的三年来，音乐家一直没有忘记自己是音乐家，他随身带的小提琴总是在清晨和黄昏的时候响起来。险恶的环境中，他还能每天陶醉两回，这是非常奢侈的幸福。

　　第四年春天，在街头的突发性战斗中，音乐家躲避不及，被一颗流弹射中胳膊。他落荒而逃，背着小提琴流浪乡下。在那里，他遇到多年前的一个朋友，朋友带他看医生，给了他简陋的住宿和有限的食物。

半年后，胳膊终于康复了，音乐家又能拿琴了，但演奏的时候，胳膊有些僵硬，总找不到以前的美好感觉。他很伤心，很惶恐，音乐是他的生命，而他必须是个音乐家。于是，他逃离乡村，到城里寻找更好的医生，想治好胳膊。

不幸的是，音乐家被敌人抓获，被当作间谍关进牢房。小提琴被没收了，敌人砸开它看里面有没有"情报"。提审的时候，音乐家要求归还小提琴，敌人指着墙脚的一堆烂木片哈哈大笑。

敌人无法判他的罪，也不放他出去，从此，音乐家陷入无边的黑暗。他整天待在牢房里，不知道外面的世界怎么样了。自由无望，音乐家竭力平静下来，决定安于这种生活。他每天面对墙壁，像看着乐谱；然后支起左臂，像拿着一把小提琴；再抬起右手，像在舞台上一样——拉"琴"。

心中的音符隐隐浮现，耳畔的曲调幽幽响起。随着时间的推移，音乐家发现，他重新成为音乐家了！每当他摆出拉琴的姿势，整个牢房似乎成了音乐大厅，他能听见各种乐器奏出的美妙声音。置身于辽阔的音域，他浑然忘却了时间，忘记了世界，忘记了战争。

这样过了三年，敌人终于败退了……

当幸存的亲戚、朋友们发现音乐家还活着出现在舞台时，是多么惊讶和欣喜！他们找到他，询问他这些年是怎么过来的，因为，曾经与音乐家同台演出过的乐手们，大多不堪生活的坎坷，命运的颠沛流离，早已荒废了艺术，改行做手工或买卖了……

音乐家说:"在我手臂面临残废的时候,感谢上帝给了'幻想'这个珍贵的礼物,让我面对墙壁,在空气中练'琴'三年。但这一切都来自于内心的那台永恒的发动机——对艺术的爱,那是我生命中最真最强的动力。"

只要甘于寂寞，保持你的理想，一有机会就去实践它，时间长了，往往水到渠成。

成功需要多长时间

我的一个同学现在成了画家，但他原先是研究数学的。当年他做教师，水平不高，在校园里生活得很被动，对未来没抱什么希望。

他自小喜欢画画，这个兴趣一直伴随他的业余时间。当教师后结识了一些美术界的朋友，那些朋友劝说他追求自己的个性和理想，他就辞职了。凭着工作数年的积蓄，他背着画夹走南闯北，过着一种近似流浪的生活。

三年后，他结束流浪，专心致志于绘画。这期间他很贫困，一边卖画，一边靠朋友们的接济生活。和许多文艺界人士不同的是，他基本上不参加社会活动，朋友圈子也很小。甚至，他连美术世界的新潮流、新动向都不甚关心，只是凭着自己的才华和个性，一心追求自己的理想。

又过了三年，他终于引起同行们的注意。他的画作以清新、流畅、富有叛逆精神而渐渐闻名。有评论家猜测他想创立自己的"流派"。

以上是这位朋友向我简单介绍的成功经过，内容很苍白，没什么意思。但有意思的是，他边喝咖啡边给我计算他取得成功实际花费的时间——

小时候大约从初中开始，喜欢画画，一直到高中一年级，用于绘画或阅读有关书籍的时间平均每天大约 1 小时（其实因自身耐心有限和外界干扰，每天也许保证不了1 小时），这四年用于绘画的实际时间大约是 $4 \times 365 \times 1 = 1460$（小时），约合 61 整天。

读高二、高三时，因临近考大学，在严格的环境下，一度与绘画绝缘。上大学后，渐渐恢复以前的爱好，四年中用于绘画或阅读有关书籍的时间平均每天约 1 小时，与上同，约合 61 整天。

大学毕业后，为找工作、换工作，用了约一年，直到成为教师，才又拿起画笔。在校园的三年里，用于绘画或阅读有关书籍的时间每天约 3 小时，$3 \times 365 \times 3 = 3285$（小时），约合 137 整天。

辞职后，流浪三年，用于绘画或阅读有关书籍的时间平均每天约 8 小时，$3 \times 365 \times 8 = 8760$（小时），正好 365 整天。

闭门创作三年，用于绘画或阅读有关书籍的时间平均每天约 10 小时，$3 \times 365 \times 10 = 10950$（小时），约合 456 整天。

以上相加，$61 + 61 + 137 + 365 + 456 = 1080$（整天），约等于 3 年。

朋友说，从他小时候对绘画产生爱好时起，到他获得第一个大奖正式成为"绘画工作者"止，实际花费于这项工作的时

间只有 3 年，其他的时间都用于吃喝拉撒睡，或者与绘画无关
的事情。

为了追求理想，人们又是写诗，又是唱歌，搞得很隆重。
其实，只要甘于寂寞，保持你的理想，一有机会就去实践它，
时间长了，往往水到渠成。

其实，时间才是最最宝贵的，它是每一个人的终极资源。

寻找黄金

父亲与儿子做游戏：10 分钟代表一个人的一生，在这段时间里，每人各翻一本书，从里面找"黄金"这个词，谁找得多，谁就是大富翁……

计时开始！

电子钟"滴答、滴答"响着，数字跳得很欢。

儿子急切地翻书，两眼乱瞅；父亲也慌慌张张地逐页寻找。房间很安静，只听见"唰唰"的翻书声。

"找到一个！"一分钟后，儿子兴奋地叫道。父亲头也不抬，继续翻书。

电子钟"滴答、滴答"响着，数字跳得很欢。

"又找到一块'黄金'！"儿子叫道。

"我也找到一块！"父亲叫道。

房间又安静下来。电子钟"滴答、滴答"响着，数字跳得很欢。

5 分钟后，儿子蹦起来："第三块找到了！"

父亲慌了："我这里'黄金'为啥这么少呢？"

儿子轻蔑地说："你不会找嘛！要细心！"

电子钟"滴答、滴答"响着，数字跳得很欢。

"第二块！"父亲说。

"第四块！"是儿子压倒父亲的声音。

……到了第八分钟，儿子一连找到三块"黄金"，他一共得到十块"黄金"；而父亲此时只得到四块。

"不用比赛了，爸，你输定了。"儿子说。

父亲点点头说："我承认，我输了。可是，就这么完了吗？"

儿子问："还要干什么？"

"如何使用'黄金'？"父亲问。

儿子抬头考虑片刻，说："我要买一大堆巧克力、玩具，买一辆真正的赛车，还要……去埃及看金字塔！"

父亲指指电子钟：9 分 10 秒。

儿子问："又怎么了？"

父亲笑道："你那些愿望都不现实，你老啦，巧克力不敢吃，赛车开不动，金字塔也看不成了，你看，说着就已经 9 分 40 秒了，人的'一生'都快结束了……"

儿子呆呆地望着父亲。

父亲说："为了找黄金，你花去大半生，却难以享用它。其实，时间才是最最宝贵的，它是每一个人的终极资源。"

不要想着大钱生小钱——财富其实来自于人的思维方式！

财富来自思维方式

　　湖北长阳土家族自治县地处山区，很偏僻，那儿的农民世世代代守着乱石头过穷日子。没有谁觉得不妥。

　　但有一位农民在外打工时发现：居然有人喜欢收藏石头！他脑瓜子一动，回到家乡，天天背着篓、拎着袋子，在山坡、河道上寻寻觅觅。当地人看见了，以为他不正常，给他起个外号叫"石疯子"。

　　日积月累，"石疯子"收集到各种各样的奇石、怪石，其中有"系列阿拉伯数字石""英文字母石""风景画面石"等。他将这些石头拿出去卖，当年挣了6000元！

　　当这个叫石文双的农民每年卖石头能挣到两万元的时候，许多村民都效仿他捡起了石头。而且，他所在的城五河村出产的"七彩石"，竟然被藏石家们认定为国内独有品种。

　　这个真实的故事使我想起20年前的舅舅。当时，他虽然是个农民，但由于读过十几年书，又看见乡村有人在城里赚钱，心中就很不安分。有一年夏天，他对我外公说："我想出去跑买卖。"外公不高兴："我们世世代代种田为生，可没有本钱给你去糟蹋！"

但舅舅还是走了。他先是找到几个在合肥市做买卖的熟人，帮他们东奔西跑，了解市场情况。很长一段时间后，他掌握了大量自认为有价值的信息，就开始谋划赚钱。

合肥有两位做沙发培训技术的老板，日常对沙发原材料的需求量很大，而每次到天津、沈阳等北方大城市进货，不仅耽误时间，也增加了成本。舅舅找到他们说：这件事你可以交给我去办，同样质量的原材料价格，比你正常使用的便宜10%。经过商量，两个老板分别预付一半货款给我舅舅。

舅舅拿着钱直奔张家口。这个偏僻的小城市里有一家国营皮革厂，亏损一直很严重，但舅舅与厂长打过几次愉快的交道。他对厂长说："现在我手头有两笔大买卖，需要你们尽快生产一批沙发材料，我包销，但我只能预付一半货款。"厂长很高兴，拿了钱就加紧生产。

舅舅揣着剩下的钱回到合肥，找火车站附近的一家单位领导说："你们的仓库常年闲置，太浪费了，如果租给我的话，包你们每年能多发些奖金！但我暂时没有现钱给你们，只能用仓库里的货物做抵押。"那个单位领导觉得这主意不错，就拍板了。

不久，满满一仓库沙发原材料从张家口运来了。舅舅立即与两位做沙发培训的老板交割，又结清与皮革厂的账，同时汇款给厂家要求续约。在他们生产期间，舅舅又跑到附近一些城市联系需要沙发材料的个人和单位，说："我专门批发这种材料，同等质量下，价格要比你们自己进货便宜5%。"

结果，舅舅成了个体沙发材料批发商。当年，"万元户"还是个时髦名词，但舅舅早就超过几倍了！

前两年，表弟大学毕业后想"借"父亲10万元去创业，结果被我舅舅批评一顿，他说："我发现这世上真正创业的人，往往都是白手起家的，你看看江浙商人，甚至比尔·盖茨那样的巨富！不要想着大钱生小钱——财富其实来自于人的思维方式！"

赚钱买地、买房子、买车，这倒也不能算错，但人生很多美好的东西根本不必用钱买。

不用花钱的美好事物

为了挣钱买地，摆脱地主压迫，祖父年轻时吃过许多苦头：帮工、当小贩、上东北淘金、下南海捕鱼……

1940 年，年近不惑的祖父终于拥有 3 亩自己的土地。那时他劲头越发足了，带着妻子拼命干活，农闲时倒腾小生意，平时依然省吃俭用，目的是在村子里建一套砖瓦房。

1945 年，房子建成了，儿子也出世了，祖父还不满足，继续奋斗，想在城里买一块地皮开店。

1948 年，祖父卖掉那套房子，加上所有的积蓄，带着家人进了城，做杂货店掌柜。

看着别的大老板坐轿车、住洋房，祖父觉得自己还是个穷人。他心中不服，决定继续奋斗，谋划着先将附近一家店铺兼并掉。

新中国成立初期，祖父在城市的那条街拥有 3 处门面，离住洋房的距离不远了……

但是，社会的变革打乱了他的小算盘，他成了一个普通市民。

没几年，社会运动越来越频繁，祖父的很多"历史问题"被揭露，他不但是个"小资本家"，还当过"地主"！批判、揪斗，成了家常便饭。亲人们也跟着他背黑锅，在外面抬不起头。

"文革"结束后，祖父已经两鬓斑白，成了个慈祥的老者，整天守在家里，看看历史小说，听听京戏，偶尔出去会会老朋友，喝点酒。我读高中时，祖父身体仍然健康。每次去看望他，他都问我书读得怎样，要求我将来好好做学问，为他争光。在市场经济大潮的影响下，我告诉祖父："我不去做学问，我要做老板，赚大笔钱，买一辆奔驰，带你游遍全中国！"

祖父呵呵笑着说："那年，我一个人被关押在黑屋里，回想自己大半生，就是为了赚钱，买地、买房子、买车，而今你们这一代还是这个追求？这倒也不能算错，但人生很多美好的东西根本不必用钱买。就我而言，只要隔三岔五地看到你——就很高兴了！"

祖父的这句话给我留下很深的印象。可惜他老人家已经过世多年了……

第二辑　快乐实验

当我没有足够的钱购买快乐的生活，我就笑！笑是免费的，它伴随我渡过许多难关……

假装快乐

一名养路工在五年内先后经历过一系列不幸：儿子考大学落榜、妻子患重病住院半年、父亲去世、家中最值钱的东西被盗、在马路上工作时被汽车撞断胳膊。

如果你不认识他，你可能会为他担忧，觉得他的日子快没法过了。但他的同事们都知道，他依然很快乐。

这名养路工属于劳累而清贫的那群人。冬天，他要踩冰冒雪上路；夏天，他得头顶烈日施工。收入不算很高，只能维持家用。他的妻子没有工作，儿子刚刚踏入社会，四处打工。

但是，在单位里，在同事面前，每次谈到家里的事，养路工都显得满足，他会告诉你："我老婆这人特贤惠，有一次，我们只剩下一元钱了，她居然还敢上菜市场，买回一把青菜、一把韭菜和一根黄瓜，做出像样的晚餐。而且，黄瓜还没有用完，她腌了一部分，第二天早上吃稀饭就有了小菜！哈哈！"

在别人看来，这名养路工的笑容饱含着辛酸，因为他说话的时候，胳膊还没有康复，得用布带吊在胸前。在正式回到工作岗位前，每月的奖金是拿不到的，但他不在乎，也不去找领导要求额外的照顾，每天都是乐呵呵地上班，笑眯眯地下班。

一天，他的妻子找上单位来了，说："儿子来电话，要求紧急支援 100 元钱！"他哈哈笑道："我敢打赌——这小子谈恋爱了！工资不够花，要老子掏钱帮他买玫瑰呢！"妻子说："家里没现钱。"他叫道："各位，谁救个急？儿子结婚那天，我请他当媒人！"

鉴于他一向乐观、可靠的品性，同事们很快凑足 100 元给了他。

后来得知的事实是：儿子当时又失业了，需要一点生活费。

在一次本行业评选"公路卫士"的活动中，这名养路工以高票当选了。在介绍各自事迹的巡回演讲会上，这名养路工谈起自己如何克服种种困难。

"大家都以为我是个快活人，其实，我活得很累，很多快乐都是假装的。儿子考大学落榜时，如果我不保持乐观，对他、对我、对妻子，都会产生更大的打击；妻子住院半年，当时我忙前忙后，每天累得半死，但我还是将笑容挂在脸上，就是怕她失去信心；父亲去世，我的内心一度空荡荡的，但人死不能复生，我只得迅速调整心态，积极面对工作和生活；家中被盗，那是人祸，我自己也有防范不严的责任，怨天尤人不管用，还是开口笑吧；而胳膊被撞断后，我告诉自己，趁这个时候好好休息休息……我不能垮掉，也不敢垮掉，我就假装快乐——那也是一种快乐！当我没有足够的钱购买快乐的生活，我就笑！笑是免费的，它伴随我渡过许多难关……"

我们可以一无所有，但不能没有面对生活的笑容。

乐观者

98 岁的曾祖父至今记得 80 多年前的一个人，此人大名叫王富谷，小名叫王三。

第一次见到王三，曾祖父怎么也不觉得他是个土匪；这人整天嘻嘻哈哈，饿着肚子也能穷快活。土匪队伍一共 18 人，曾祖父排行老幺。大家基本上是因为被逼上绝境，杀了乡村地主、恶霸才聚到一起的，和当年的梁山好汉差不多。

他们最先在陕西榆林一带活动，受到一些地方武装的围剿，死了两个兄弟，才一路向西逃跑，一直逃到甘肃武威附近的戈壁滩。倒霉的是，他们刚到那儿准备休整，就被另一伙土匪尽数俘虏了。

这伙土匪将他们关进一座石头山的石头洞里，不知要如何处置。一连四天，每天管一顿饭，一桶水，大家凑合着活命。但第五天就没人问了。曾祖父一伙很恼火，隔着铁栅栏又喊又叫，又骂又跳，就是没人来。两天过去了，世界静悄悄的，曾祖父一伙似乎已被遗忘。他们当时的猜测是：那伙土匪可能被更强的力量消灭了。

又饿又渴的曾祖父一伙一个个蜷缩在石洞内犯迷糊，只有王三是16个人中唯一每天坚持说话的。此人脑袋里有讲不完的故事，嘴巴里唱不完的小曲，每当夜幕降临时，他就给大伙儿提神。他最常说的话是：天无绝人之路，大难之后必有大福。大伙儿靠着石壁或躺在地上，眼睁睁看着王三，心里也知道他是在进行安慰和自我安慰，但王三那股穷快活的劲头，的确使大家暂时忘了饥渴。

断粮断水的第六天，死了个兄弟。洞里绝望情绪陡涨，有人哭爹骂娘，用石块砸头寻死。大家也不拉他。王三有气无力地靠在铁栅栏上，拿那个想死的兄弟头上的鲜血编小曲儿唱，直唱得大伙儿咧嘴干笑。

第七天，外面暴雨倾盆，洞里也进了些水。有救了！曾祖父一伙隔着栅栏将衣服抛向积水处，浸湿后拖回来猛喝一通。然后再用同样的方法，把桶内贮上水。王三乐呵呵地说："不是吗？老天还不想叫咱们死，再等两天，非有人来开门不可！"

但当天下午，王三明显饿得不行了，两只小眼发绿，都不敢站起来了。他总结经验道："兄弟们，空肚子不能多喝水。"接着他又给大家唱小曲，刚开头唱，"砰"的一声，倒了。曾祖父一伙心疼王三，合力将他拖到平坦处躺着，试试鼻息，没死，只是饿昏了。

直到傍晚，王三才哼了一声。大伙儿爬过去，见王三眼半睁着。忽然，王三哈哈一笑，那声音干涩、怪诞，仿佛从地狱里发出的，令人不寒而栗。曾祖父问："他疯了吗?"王三显然听见了，艰难地扭过头说："你才疯了，我刚才想了半天，才想起来我还活着，能不快活吗?"

好久没笑了，但此时大伙儿都由衷地大笑起来，那笑声与王三的差不多。

第二天一早，曾祖父一伙果然遇上了过路的救星。

80多年后，曾祖父说："当年如果没有王三，我也许挺不过来。"我听了十分感动，说："王三也是我的救命恩人哪!"曾祖父不解地问："为什么?"我指指曾祖父，又指指我自己。曾祖父明白了，抖着满脸皱纹，笑得像孩子。

曾祖父也是乐观者，近一个世纪的生存经历告诉他：我们可以一无所有，但不能没有面对生活的笑容。

每当我看见别人炫耀自己的财富、地位或其他"值得"炫耀的东西，我就会宽容地笑笑，想起自己天真而又浮浅的童年。

快乐实验

记得儿时一次与小伙伴玩耍闹了矛盾，我大骂对方是笨蛋，他当然很恼火，也骂我是大笨蛋。吵嚷间，我叫道："上次考试我得了第一名，你是第十七名，你才是笨蛋——大笨蛋！"

小伙伴一下憋红了脸，站在那里不动，我们俩怒目相向，就快打起来了。

恰巧这时父亲走过来，他严肃地批评我不该骂人，要我当场向小伙伴道歉，然后拉着我回家了。

父亲刚从省城出差回来，带了些东西。他在包里摸出几本小人书给我，我高兴坏了！父亲笑眯眯地瞅着我，说："还不快去操场，在小伙伴们面前炫耀一下？"我立即跑出门。

吃晚饭的时候，父亲问我："怎么样？伙伴们眼馋不？"我得意地说："那当然，那些小人书他们都没有看过！"父亲笑道："不忙，还有更好的东西给你呢！"我急了，喊道："真的？是什

27

么嘛!"

父亲故意卖关子。直到晚饭后，天黑透，他才将"更好的东西"拿出来——一把玩具冲锋枪！乖乖，我激动得要飞！手一抠，嗒嗒嗒、嗒嗒嗒！还带亮闪闪的红绿灯呢！

父亲仍然笑眯眯地说："那么，你再去操场上，在小伙伴们面前炫耀一下？"我愣住了，怀疑地望着父亲说："天黑了，哪儿有人呢？"父亲说："管他有人没人，你一个人也可以去操场上炫耀一下嘛！"我使劲摇头说："一个人炫耀啥？你是怎么啦？爸爸！"

父亲这时才掏出心里话："儿子，我是给你做实验呢！白天，你拿着小人书，可以在小伙伴们面前炫耀；现在天黑了，你有了更值得自豪的冲锋枪，却无法炫耀——为什么？"我没有回答。父亲继续说："白天我碰见你和小伙伴吵架，你拿第一名来炫耀，伤害别人的自尊心，这是不对的。他是你的伙伴，是朋友，不要把别人当作自己的炫耀对象，否则有一天所有的伙伴都离开你，看你还向谁炫耀去？"父亲摸着冲锋枪，说："如果你在炫耀中获得了心理满足，我看，你该感谢那些伙伴才对，因为有他们在看着你炫耀；如果没有观众，你再了不起，又怎样呢……"

这个"实验"结论已伴随我走过多年。如今，每当我看见别人炫耀自己的财富、地位或其他"值得"炫耀的东西时，我就会宽容地笑笑，想起自己天真而又浮浅的童年。

人，是一种形而上的动物，不仅仅是物质的满足所能打发的。

享受生活

当兵时，我是看到军报上的那些新闻稿而注意作者小林的。他是我的老乡兼同年兵。我们首次见面，就谈得十分投机，因为我们有一个不竭的话题：文学。今天看来，当年的侃侃而谈是幼稚而肤浅的，但是，它给那一段一贫如洗的岁月增添了无穷的欢乐。我们曾经凑上一元钱，买五斤小桃子，在部队大院的树林里坐一下午。

而今天下午，我家对门卖摩托车的老板，提了一篮子进口水果回家，却被愤怒的太太扣在头上。他们的富裕令我羡慕，仅仅那辆私家轿车，就够我 10 年工资。他们的不和谐由来已久，常常令我惊疑：这么多钱，为何不会好好享受生活？

最近小林来看我，说起小桃子和文学的事。但是，我们都不再有当年的梦幻和激情，文学已变得有点陌生了。小林这些年做生意，赚了些钱，他说他该有的基本上都有了，却无法像当兵时盼望的那样：有钱后，就关门读书、写作。他说他一闲下来，就心不在焉。

而我这些年，一直坚持写作。前几年下岗后，写作一度成了我的谋生手段。如今我又过上了白领生活，物质上没有什么忧愁，但生活还是平平淡淡。我很想享受生活，却又觉得无从享受。很多我原先觉得是"享受"的东西，在涉足后，却发现只是一种"行为"，与"享受"无关，比如玩手提电脑、泡咖啡馆、吃西式大餐……

此时，我就是在一家台湾风味的咖啡馆里，对着手提电脑敲敲打打。当我又打开一个网页时，发现新闻里报道有个富翁发疯了。邻桌一对情侣与我和新闻里的富翁形成鲜明对比。那时，我还听见情侣模仿《泰坦尼克号》男主角说："享受生活每一天!"

我忽然很感动：我终于遇见了正在享受生活的人。他们的面前不过两杯咖啡，一碟点心，谈不上多好的物质享受，他们是在享受爱情。"享受生活"这个词组其实相当模糊、可疑。因为，我和小林在很穷困的时候，也曾享受过生活，准确地说，是"享受文学"。

生活中，如果没有一个良好的精神境界（包括情感氛围），仅有物质是难以真正"享受"的。人，是一种形而上的动物，不仅仅是物质的满足所能打发的。与其说享受生活，不如说是享受心灵。

今生的追求可能太随大溜了，我想趁这最后的机会去弥补。

奢侈品

15 年前，当他还是个 25 岁小伙子的时候，他渴望有一只瑞士机械表。这是他心目中最美丽的奢侈品。

两年后，他得到了。因为他工作勤奋而有创造性。

为了与这只手表匹配，他产生了新的渴望：一套名牌西服。半年后，他顺理成章地又得到了。

为了恋爱，一辆进口摩托车成了他追求的奢侈品。一万多元呢！他掏出全部积蓄，又东借西凑 5000 元，终于实现了梦想。

女友漂亮可爱，她的要求就是"圣旨"。意大利皮衣、法国香水、日本电器，等等，一件件奢侈品在遥远的柜台内向他发出威胁。他拼命地工作、赚外快，终于用两年半时间还清债务，并基本满足了女友的要求。

结婚后，一套上好的房子又成了他追求的奢侈品。按当时的市场行情，那套房子至少得花 50 万元，仅靠工资是不够的，他不得不狠心辞职，下海闯荡。

老天爷赞赏他的勇气和能力，3年后，房子不再是什么"奢侈品"，取而代之以一辆私家轿车。为了这辆轿车，他和太太在人海中没日没夜地奔波、操劳。当然，他们事业也蒸蒸日上，战果赫赫。3年后，轿车到手了。

由于市场的原因，他的事业近年停滞了，甚至开始缓缓下滑。一天夜里，他在笔记本电脑上敲敲打打，忽然感叹道："太太，在这个社会上，我们已经算得上富足了，我想放下眼前的事业，好好地休息一年，然后，再去找个简单工作。"

太太不满地说："作为男人，要有远大志向，不要小富即安，甘当小市民。这世上好东西越来越多，你就不想争取？李四的轿车换成宝马了，王五在乡下建别墅，多奢侈啊——而我们，与真正的富翁相比，不过刚刚挣了100万元小钱而已。"

然而，未等他再展宏图，病来了，是绝症。40岁的汉子，倏忽间就垮了，像换了个人。

他从医院归来，在家里做"保守治疗"，用他的话说就是"等死"。他心灰意冷，一片寂寥。

半生的奋斗与追求此刻已失去意义，他常常呆呆地凝望窗外飞过的麻雀。

一天下午，太太回来，发现他不见了。她在床头找到一张纸条，是他留的："亲爱的，昨夜，我回味起儿时在乡下挖泥鳅的情景，那样的时光在我今天看来，实在是美妙绝伦，彼时彼地的阳光、空气和水，才是人生的终极奢侈品。我今生的追求可能太随大溜了，我想趁这最后的机会去弥补……"

我决定提前重视这些普通的事物，而不是等到多年以后。

傍晚的声音

在电脑前坐了一下午，疲劳。我站起身，走到床边，趴下去。舒舒服服地趴着。

我听见父亲在院子里说话，似乎要母亲帮他择菜。我的妻子在洗衣服，两岁的女儿缠着她玩耍，遭到呵斥。一阵风吹过，院子里的那棵杏树沙沙响。又听见菜刀剁案板的声音，嗒嗒嗒……

我的思绪飘远了。同样的季节，近似的傍晚，8 年前，我曾趴在千里之外的一张床上，那时，战友们在附近打闹，我听着，有些烦躁，拉过被子，捂住头。他们发现了，大呼小叫着冲过来，扯掉被子，一齐扑到我背上，一个压一个。我恼了，骂他们是猪，喝令他们滚。他们越发笑得狂野，分别抓住我的手脚，将我抬进女兵寝室，硬生生将我扔在女孩子床上。

回忆中的画面很有情趣，很温馨。很多事物在回忆中变得有情有感有分量了。退伍后，很想念战友们，相互写信，每每说起当年的一些事情，其实都是很平常的，但在信中就散发着浓浓的情感。回过神来，我又听见院子里平常而平淡的声音。我想：10年后、50年后，这些声音会不会令我留恋？会不会令我伤感？

我想会的。对于一个普通人来说，时间所流逝的基本上是些普通的事物，在当前看来，是没有什么价值的。唯有未来的回忆，才可能赋予它情感价值抑或其他内涵。所谓的"怀旧"，大概就是这个道理。

我决定提前重视这些普通的事物，而不是等到多年以后。我趴在床上，侧耳聆听小院子里——一个家庭，在这个傍晚，发出的平凡而琐碎的声音。

第三辑

人才看得见

人才

这些年，你们究竟掌握了多少知识？这些知识除了应付考试，对你们还有多少现实意义？

仅有肉是不够的

高三的最后一堂课上，班主任问我们："读书是为了什么？"答曰："考大学。""考大学是为了什么？""找工作。""找工作是为了什么？""活着。"班主任笑了，说："那么，活着又是为了什么？"大家都跟着笑了。

这一场问答让我回味了很久。我还记得班主任问："这些年，你们究竟掌握了多少知识？这些知识除了应付考试，对你们还有多少现实意义？"

我后来没能考上大学，当兵去了。整日里摸爬滚打，我发现当初的课本的确没有多大用途。我一度很灰心，没事的时候，就找来一堆闲书胡乱翻阅，消遣时光。

退伍后，我被安置在一家审计事务所工作，一切从头学起，日子很艰难。更令我痛苦的是，我开始怀疑学习，怀疑知识，因为我知道：拿不到一个像样的证书，一切都是"徒劳"。果然，三年后来了一场行业改制，我因为没有相应的职称，下岗了。

　　日子很黯淡。抽烟、读书、写作。我将唯一的希望寄托在文字上，梦想着靠稿费为生。那几年的时光很孤单，很寂寞，但整天在文字里游荡，渐渐让我充实起来，每天都能发现喜悦。更可贵的是，写作让我重逢了许多尘封已久的知识碎片，我察觉：对于写作而言，一切知识都可能有用，它们能使文章充满生趣和活力，因为它们能使作者的思维自由、眼界开阔。

　　这使我想起当兵时的一件事。

　　司务长是位一级厨师，做菜颇有水平。部队开了个学习班，由他传授厨艺。理论加实践，半个月下来，出师者寥寥。司务长说："目前，你们所学的知识都是没用的，继续练去吧，还要有悟性，学会创造。你拥有一头猪，不能算个厨师；而真正的厨师，只要一条猪腿，就能制作一桌宴席。"

　　是的，知识就像肉一样，仅仅拥有是不够的，还需要运用，创造性地"制作"它。如今，我已能靠写作为生了，我深深感谢自启蒙时代开始的学习生活，虽然我至今没有一个像样的证书。

我们公司更需要像父母一样尽职尽责的员工啊！

父母一样的员工

　　某著名公司招聘人才，应者如云。结果产生两个幸运儿：一名是硕士 A，另一名是大专生 B。由于专业需要，A 一开始便被安排在较高的管理位置，B 则去生产一线奔忙。

　　一年后，B 因业绩出众，稍有提升。A 工作平平，但亦无过，依然在原来的岗位上。

　　第二年，B 再次被提升。A 维持原状，但他的几篇学术论文在社会上产生了广泛影响，并得到专家好评。A 因此颇为得志。

　　第三年，公司人事做了调整。A 被调到一个较平凡、清闲的岗位，B 则代替了 A 原先的工作。为此，A 心理上极不平衡，因为无论学识还是社会影响，他比 B 更像个成功人士。

　　第四年，公司遭遇困难，董事会决定裁减一半员工，包括管理层。不幸的是，A 名列下岗名单，而 B 在这危急关头又被提升一级！A 十分愤怒，他认为这不公平。为此，他决定找总裁好好谈谈，申诉自己的意见。

意外的是，总裁很热情地接待了他，并无丝毫虚伪。交谈涉及正题时，总裁从抽屉里取出几本大画报，将封面出示给 A 看，并问："你认识这些人吗?" A 说认识，都是演艺界颇有名声的"大腕"。然后总裁又在一张白纸上写了两个字给 A 看：父母。A 有些糊涂，觉得可笑。这时总裁解释道："您是位有成就的人，我内心很敬佩您，就像影视、杂志上的那些知名人士；但是，就我们公司来说，更需要像父母一样尽职尽责的员工啊！我们都应该反省——在这个社会上，在我们的公司里，所谓的成功者和尽职尽责者之间，谁于现实工作和生活更显得重要?"

别人的成功经历很难成为我们的财富，但别人的失败过程却能。

第一个被录取的人

某大公司招聘人才，应者云集。其中多为高学历、多证书、有相关工作经验的人。经过三轮淘汰，还剩下 11 个应聘者，最终将留用 6 个。因此，第四轮总裁亲自面试，将会出现十分"残酷"的场面。

奇怪的是，面试考场出现了 12 个考生。总裁问："谁不是应聘的？"坐在最后一排最右边的一个男子站起身答："先生，我第一轮就被淘汰了，但我想参加一下面试。"

在场的人都笑了，包括站在门口闲看的那个老头。总裁饶有兴趣地问："你第一关都过不了，来这儿有什么意义呢？"男子说："我掌握了很多财富，因此，我本人即是财富。"

大家又一次笑得很开心，觉得此人要么太狂妄，要么就是脑子有毛病。男子说："我只有一个本科学历，一个中级职称，但我有 11 年工作经验，曾在 18 家公司任过职……"总裁打断他说："你的学历、职称都不算高，工作 11 年倒是很不错，但先后跳槽 18 家公司，太令人吃惊了，我不欣赏。"

男子站起身道："先生，我没有跳槽，而是那 18 家公司先后倒闭了。"在场的人第三次笑了，一个考生说："你真是倒霉蛋！"男子也笑了，说："相反，我认为这就是我的财富！我不倒霉，我只有 31 岁。"

这时，站在门口的老头走进来，给总裁倒茶。男子继续说："我很了解那 18 家公司，我曾与大伙努力挽救它们，虽然不成功，但我从它们的错误与失败中学到许多东西；很多人只是追求成功的经验，而我，更有经验避免错误与失败！"

男子离开座位，一边转身一边说："我深知，成功的经验大致相似，很难模仿；而失败的原因各有不同。与其用 11 年学习成功经验，不如用同样的时间研究错误与失败；别人的成功经历很难成为我们的财富，但别人的失败过程却能！"

男子就要出门了，忽然又回过头说："这 11 年经历的 18 家公司，培养、锻炼了我对人、对事、对未来的敏锐洞察力，举个小例子吧——真正的考官，不是您，而是这位倒茶的老人……"

全场 11 个考生哗然，惊愕地盯着倒茶的老头。那老头笑了，说："很好！你第一个被录取了，因为我急于知道——我的表演为何失败？"

我最瞧不起运气，越是没本事的人，越想依靠它！

能力就是运气

　　一位渔夫在最不佳的时节出海，常常都能满载而归。那帮年轻捕手们既羡慕又嫉妒，向他请教方法。渔夫说："船多划几里路呗！"但是，小伙子们常常累得半死，回来后依然收获甚微。他们私下里叹道："这老头，运气总比咱们好！"

　　渔夫的儿子长大了，也要出海。他问老爸："你的运气为啥总是那么好？"渔夫说："狗屁运气！你得学会看风辨云观水色，即使几片浪花，都有鱼的味道。很多技巧我说不清，你得自己去研究、去悟。这些东西掌握不了，即使每天绕太平洋一圈，也难撞到'运气'！"

　　几个文友常常聚会讨论写作经验，并给报刊投稿，时有收获。近年，其中一位文友发稿量渐大，引起众兄弟钦羡，要求他"交代"写稿、投稿秘诀。这位文友说来说去，兄弟们烦了，嚷道："基本上是老一套，我看，你要么凭关系，要么凭运气！"这位文友很恼火地说："你们写了一篇稿子，投出去后就在那儿等待；而我，第一篇寄出，第二篇已经在修改，第三篇正在写作，第四篇已开始构思。我没时间拉关系，更不敢指望运气！"

前几年失业在家，我参加培训，得了个资格证书，便想外出打工。父亲说："急什么？抓紧时间，争取两年内考个中级职称再出去。"我急了，说："时间不等人，趁年轻，出去也好撞撞运气！"

父亲不耐烦地摆摆手说："我最瞧不起运气，越是没本事的人，越想依靠它！你若真的具有某种显著能力，即使不去撞运气，运气也要来撞你！"

他们将对手视为朋友和动力，因为对手的存在而显示出非凡的气魄和力量。

对手就是力量

她的私人企业在国内做饰品的同行中是龙头老大，时常有同行从她手下"挖人"，7 年时间，"挖"走了上千人。有人戏称她的企业成了同行的"黄埔军校"。但她置之一笑。

她的企业每天要开发 100 余款新产品，同行们纷纷效仿，但她无意追查谁侵犯了自己的"版权"，只是说："别人跟得快，我才会跑得更快。"

每次从国外参观、学习回来，她都会将看到的、听到的，毫无保留地告诉同行，唯恐别人落后于自己。她就是浙江义乌新光饰品厂的董事长，拥有亿万资产的周晓光。她说独木难成林。她喜欢为自己培养、制造"对手"。

小城里有个年轻人，象棋下得很棒，连年的比赛他都是冠军。但他很不满意，说下棋越来越没意思。

后来他想了个办法，去省城寻找棋友。每次遇到高手，他都兴高采烈。回来后，他会召集棋友共同研究高手的套路，还大量提供资料给棋友们学习。

小城渐渐出现一批"象棋才子"，有时，这个年轻人也会在比赛中屈居亚军。我曾问他："当你的冠军不好吗？干吗冒充别人的学生？"他说："我需要真正的对手，因为我没有时间和钱经常到省城去拜访高手。"

几年后，这个年轻人在省级比赛中夺魁。他希望最终能当全国冠军。

以上是两位喜欢给自己培养、制造对手的人，他们的共同特点是胸怀宽广，目标远大，将对手视为朋友和动力，而没有丝毫的嫉妒和压制。他们因为对手的存在而显示出非凡的气魄和力量。

接受现实是理解现实并战胜现实的第一步。

第一步

公司需要选拔一名部门经理，为了竞争这个职位，许多有志者参与角逐，最终剩下两名候选者：甲和乙。

这次决定性的考试安排在总裁家里，一些"考官"也来了，但气氛完全不像考试，而是参加一次丰盛的晚宴。甲和乙感觉怪怪的，吃菜喝酒都有点不自在，只是盼望尽快吃完饭，好看到考题。

中途，总裁家电话响了，他走进里屋接听，回来后，脸色有点沉重。大家惊问何事，总裁说："上海分公司那边出了乱子，好好的一车皮货，运到客户手，竟然成了破烂！这次麻烦大了，不仅仅是经济损失……"大家听了，不知道说什么好。

总裁沉默半晌，抬起头说："今天不考试了，大家还是谈谈这件事怎么办吧。"他又转眼望着甲和乙说："你们思想活跃，年轻有为，又是未来的部门经理。先谈谈看法吧。"

甲皱着眉头说："立即追查责任人！这样的事太不该了。如果是运输部门的事，就立即索要赔偿；如果是我们职员的过失，立即按规章制度惩处，不管他是谁!"

考官们有的点头道："是啊，一定要查清楚，杜绝这类事情再次发生。"

总裁没说话，像是在思考。这时乙说："我们在山东也有一家大经销商，离得不远，我看，赶快调一批货，抓紧时间先给客户送去。"

乙刚说完，响起一片掌声。总裁说:"好了，考试结束了。乙以微弱优势夺得胜利!"

甲很惊讶，也很不快地问："难道我对这件事的处理方式错了吗?"

总裁说:"你的处理方式没错，只是时间上不合适。客户是我们的市场依托，关系我们的前途和命运，所以，首先得为他们着想；至于索赔和处罚责任人，是下一步的事。"

接受现实是理解现实并战胜现实的第一步。乙就赢在这里。人生又何尝不是如此?

真正的竞争对手，往往在竞争局外。

鹬蚌相争另解

老掉牙的寓言故事是这么说的：

蚌在河边晒太阳，被鹬趁机啄住了肉；蚌紧合贝壳，夹住鹬嘴。它们互不相让。鹬叫蚌先松壳，蚌不干；蚌叫鹬先松嘴，鹬也不肯。结果，就让路过的渔夫捡了个便宜，将它俩一同捕获。

老祖父会语重心长地说："孩子们，要息事宁人，不要两败俱伤；要化解小矛盾，避免大危险；要走中庸之道，不要刚愎自用……"

我不屑一顾地说："置身于经济大潮、信息社会，这个老故事不过讲了一个多数人难以领悟的小道理——真正的竞争对手，往往在竞争局外。"

我们不仅需要人才，更需要那些能彼此欣赏、相互协作、团结共进的人才。

人才看得见人才

某广告公司以高效率、高效益著称业内。据说其选拔人才的方法苛刻而奇特，但至今没有人知道细节。即使那些应聘落选者，对考试经历也是守口如瓶。

刚毕业的我决定去试一次。若能进这家公司，将是很光彩的。

不料，选拔过程很简单：第一轮，集合所有应聘人员来公司大会议室，指定一个题目，在规定时间内设计一件作品。所有考生都能按时完成任务，然后由专家组评审，当天下午即公布入围者名单。

第二轮考试在第二天下午。与昨天一样，也是在大会议室，指定一个题目，在规定时间内设计一件作品。不过应考者少了许多。我心中暗笑：专家组决定我们命运，老一套了，没什么稀奇。

果然，时间一到，收了卷子，全部送到另一间屋子，请专家组评审。不同的是，公司主考官要求我们等待，并送来午餐。

吃饭期间，我们10个佼佼者谈笑风生，议论起外界对这家公司的传言，觉得好笑："明明是常规考试，带些运气的选拔赛，却说得那么神秘。或许这家公司善于故弄玄虚？"

不足两小时，10份作品皆评审完毕。主考官笑眯眯地进来了，将作品发还原作者，然后说："我公司向来重视专家的意见，但作为一种艺术品，你们也为广告设计倾注了自己的灵感与心血，因此，专家的评分只占此轮考试的50％，另一半分数由你们相互评审。"

大家都有些吃惊。然后便按主考官的要求，各自带作品上前台展示一次，另外9人则在下边评分，并写出简略评语。当然，彼此不准交换意见。考场出奇地安静。

另外9人中，至少有3人的作品令我叹服，我不得不怀着复杂的心情给了他们高分和好的评语，因为我相信：专家的眼光不会比我差，我不能刻意去贬低别人……

最终，我入选了，有点意外；更意外的是，令我叹服的那三个人中，只有一名入选！我简直怀疑专家组以及公司的眼光！但随后总裁与我们的首次谈话令我释然："最后十位考生，都是专家组眼中的佼佼者；而你们之间的相互评审，更能证明自身的能力与素质。庸才看不见别人的才华，情有可原；人才看不见人才，就很狭隘了！我们不仅需要人才，更需要那些能彼此欣赏、相互协作、团结共进的人才！"

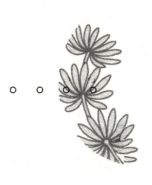

危险预演

第四辑

还是但丁的那句老话——走自己的路，让别人说去吧！

下去吧

一次下大雨，体育课没法上，老师带我们在教室内做游戏。他在黑板上画了个圆，说："谁再来添几笔，让人一看，就知道这个圆代表太阳？"

太简单了，同学们纷纷举手。老师随便点了一个人。这名同学兴致勃勃走上讲台，开始在圆圈周围添小线段，像太阳发出的光芒。不料，老师在一旁笑道："第一笔就画错了！"

这名同学一愣，怀疑地望着老师。老师说："下去吧！"他就下去了。

老师擦掉小线段，回头问："谁再来？"又一名同学大步流星走上讲台，拿起笔，开始在圆旁边画树。老师笑道："有这么干的吗？"这名同学也是一愣，既而回头瞅老师。老师说："下去吧！"他也下去了。

第三名同学走上讲台，二话没说，随手在圆下画了道大波浪线，远远看去，像山上升起了太阳。但老师仍然摇头，笑道：

"哪会这么简单!"这名同学顿时失去自信,擦去波浪线,凝神思考。老师说:"快下去吧!"他垂头丧气地回到座位。

"还有谁想上来试试?"老师站在讲台上扫视全班。教室内鸦雀无声,再没人敢去"卖弄"了。这时,老师又笑了,笑得挺诡秘的,说:"好吧,请刚才那三位同学再上来一下。"

那三位同学走上讲台,老师安排道:"你,负责说'第一笔就画错了';你,负责说'有这么干的吗';你,负责说'哪会这么简单'……我每画一笔,你们都得依次将我教的话说出来,然后再齐声对我喊'下去吧!'"

全班哄堂大笑,觉得挺好玩的,但不知老师的葫芦里卖的究竟是什么药。

工作开始,老师在黑板上画了三个大圆,然后在第一个大圆周围画小线段,体现太阳发光;在第二个大圆边画树,代表日上树梢;在第三个大圆下画波浪线,表示太阳出山……他每画一笔,旁边三个同学就按他所教的依次说——"第一笔就画错了!""有这么干的吗?""哪会这么简单!""下去吧!"

在一片嘈杂声中,老师终于画完了。他扔掉粉笔,回头对所有同学说:"好了,画完了,请看,我是按刚才三位同学的构思画出来的,是那个意思吗?"

当然是那个意思——黑板上准确地表现出三个太阳。老师又说:"但是,这三位同学经不住我在一旁冷嘲热讽地打击,不敢坚持自己的想法,行动严重受扰,最终失去自信,放弃了……"

教室内很安静。老师最后说:"但是我坚持到底了,将太阳表现出来了。还是但丁的那句老话——走自己的路,让别人说去吧!"

只要每次能保持这个位置，即使无法次次夺冠，但绝对次次是优秀的。

最佳位置

我喜欢看比赛，特别是奥运会，尤其热衷于长跑项目。发令枪响，运动员们迈开双腿。此时没有什么明显的竞争味道，很平淡，甚至有些枯燥。但跑过一半路程时，你会发现：领先的也就是那么几位。你的眼光开始注意他们。跑过大半路程时，竞争迅速升温！一会儿这个赶超第一，一会儿那个又独领风骚！你的心会兴奋，紧盯着那几个运动员不放。快到终点了，最前面的几个人中（通常只有两名），忽然有一位像脱离之箭，大放异彩！夺冠的就是他（她）！

当你再回想比赛之初，夺冠者往往很不起眼：他（她）总是夹在人群中的一个并不太显著的位置——也就是前五名吧。但是，他（她）又总是能够保持这个位置，决不轻易落后，也决不急于赶超——他（她）好像很喜欢那个位置，同时又暗暗蕴藏着一股巨大的爆发力，不到最后关头，决不显山露水，颇有韬光养晦的味道！

黑暗使眼睛更亮

　　我的一位运动员朋友告诉我，跑道上，两个位置最累人——一是最末尾那个位置，你会信心不足，越跑越吃力；另一个是最领先那个位置，你会十分紧张，时时听见后面赶超者的脚步声。他说，最好跑在前三、五名，那时的心态最为平和，不是很累，而且胜利的希望离自己也不远。只要每次能保持这个位置，即使无法次次夺冠，但绝对次次是优秀的，不会产生严重的失败感，并且能够在今后的比赛中保持竞争的热情和信心。

　　忽然想起浙江一位老师提出的"第十名现象"：他经过十多年的跟踪调查，发现小学生中保持在班级第十名左右的孩子，今后的潜力最大，成才的最多——这与长跑比赛颇有异曲同工之妙！

心灵花园

只要我还在成长，就能摆脱别人的俯视。

你在不在成长

父亲要儿子暑假写观察周记，内容是院子里的两种植物：一株杏树苗，一棵石榴树。

杏树苗没什么好写的，细细的树干上伸出几条杈和几片叶子罢了；而石榴花开红艳艳，到了秋天，还有果实吃。儿子写道：石榴树高大、茂盛，挂着丰硕的果实，俯视小杏苗。父亲夸赞道：文辞优美、流畅，继续观察吧。

第二年暑假，杏树有石榴树的一半高了，春天开了些粉白色小花，但没能结果。而石榴树正值壮年，虽不再长高，但花朵、果实确实喜人。儿子写道：石榴树是我家最美的风景，俯视一切花花草草，它是高贵的。父亲夸赞道：像一篇优雅的散文，有内涵；但是，你喜欢"俯视"吗？

儿子长大后，就不再写观察周记了。为了工作，为了生存，东奔西跑，吃过不少苦头。他对父亲叹道："竞争太激烈了，许多人都比我强，我怕是难出头了。"父亲听后不快，说："我知

56

道，你总是想'俯视'别人，而不愿被别人'俯视'。"父亲又找来当年的周记，说："儿子，看看你当年亲手写的东西……"

六个薄薄的小册子，记录着六个夏季和初秋的杏树和石榴树。最后一册上写道：杏树像一把大绿伞，遮住整个院落；风乍起，熟透的杏子一个个摔下来，味道好极了。父亲说："你亲眼看见这棵杏树的成长了，如今，它'俯视'着石榴树。"

儿子点点头道："好吧，让别人'俯视'我吧，只要我还在成长，就能摆脱别人的俯视……"

当一个人有东西贡献给这个社会的时候，却没有人理睬他，对他不啻一种挫折。

只是需要一点鼓励

教委组织老师们来听课，校长把地理科示范教学任务交给了我。为了不辱使命，事前我要求学生：遇到课堂提问，能回答的举右手，不会的举左手。免得我叫"错"了人。

听课那天，一切按照计划顺利进行，每到提问，学生们全部举起手，看起来很"热烈"，我点举右手的学生回答，没有"差错"。

但是，最后十分钟，教委领导忽然要求听课老师当场出题，再交给我提问。这是以前没有过的。但我此刻很有信心，在讲台上将问题清楚地念出来，然后寻找举右手的学生。

这时我发现，坐在后排的王利将右手举得老高。这个学生平时吊儿郎当，成绩并不好。但今天听课非常认真，提问时，他不止一次举起右手，只是我不敢信任他，总是叫了别的学生。

王利看起来很急切，甚至微微探起身子，希望引起我的注意。"黄灵，你回答!"我说。同学们放下手，王利看起来很失望。

第二个问题念完，王利又举起手，还是很急切的样子。我闪念中想给他一次表现的机会，但今天的课非同寻常，为慎重起见，我还是叫了更"可靠"的学生……

最后一个问题比较难：黄河按顺序先后流经哪些省份？我念完后，看看台下学生，都很犹豫地举起手，而且，基本上是"左手"！目光巡视了好一会，终于看见两个同学举着"右手"，其中一个是王利。我毫不犹豫地叫了另一个同学，但这个同学答错了。正在这时，下课铃响起来……

走出教室的时候，我听见后边有人叫："老师，老师！"回头一看，是王利。他急匆匆地朝我跑来说："最后一个问题我知道……"他将答案准确地告诉了我。

看着他的背影，我忽然感到十分愧疚：对于这个孩子来说，提问已经超出了一般的意义，他是希望外界的认可，需要别人的鼓励。当一个人有东西贡献给这个社会的时候，却没有人理睬他，对他不啻一种挫折。因此，我不是一个合格的教师。

让他们像我的朋友那样受点惊吓、磨难，或许他们会小心、理智地对付前方不可预测的危险。

危险预演

朋友从山区游玩归来，告诉我一次危险的经历。

那天深夜，他骑着摩托车奔向一座小镇就宿。路上无人无车，他的速度很快。空气清新，带点湿润，皓月当空，是一个美好的夏夜。

忽然一个剧烈颠簸！摩托车一个趔趄，差点将我朋友摔倒！他迅速刹车，就着灯光察看：路上横着一排不大不小的石头！他愤愤地骂一声，便跨上车继续前进。不料刚行驶十米，又是一排石头！我的朋友越发窝火，只好更小心地前进。约十米后，还是一排石头！那时，我的朋友真想破口大骂，无奈夜深人静，又是山区，实在找不到听众。

朋友估计，这绝不是小孩子们的恶作剧，而是一项成年人的"工程"，且与正规养路队无关。他怀疑这儿的山民素质差，竟然做出如此不道德之举。

总共前行约七八十米，也就是跨越七八排石头后，真相大白：可能由于山洪冲击，前方的路出现大塌坡！若按我朋友的车速一路冲到此，小命休矣！

那不是"恶作剧"，而是救命标志啊！贫困的山区百姓找不到更好的设施，只有就地取材，搬些不大不小的石头排列在路上——可能会摔你个跟头，但无性命之虞；经过这些危险的预演，你的警惕性也就油然而生……

我的朋友很感动。可惜附近看不见住宅灯火，无法确知那些善良的人们躲在何处。经过这场颠簸后，那个夏天的夜晚洋溢着温情。

我和朋友都是搞教育工作的。近来不时有恶性事件见诸报端：中学生杀母，大学生盗窃，等等。他们往往有一个共同点：从小在家养尊处优，一帆风顺地取得"成功"，再滑向犯罪；而犯罪时甚至不以为然……

在父母的精心呵护、关怀下，许多独生子女人生之初的道路都过于平坦。有人将他们比作"温室里的花朵"，我认为并不恰当，显得太"安全"了；若比作"路上的摩托车"是否更好些？应该让他们像我的朋友那样受点惊吓、磨难，或许他们会小心、理智地对付前方不可预测的悬崖和危险。

英国人托马斯·富勒说过："一次小小的失误，或许会防止重重的跌落。"过分地呵护、关怀，有时会转变为一种蒙蔽，甚至扼杀。

我一直把自己看作社会中的一块"碳"，尤其在我面对压力的时候，我会暗自兴奋。

宁愿做碳

　　记得一次上化学课，老师走上讲台，看见黑板上写着"韩信"等字，问："今天没人值日？"同学们不敢出声。老师笑了，说："韩信能忍胯下之辱，我这个当老师的，就不能代替值日生擦一回黑板？"说着，拿起板擦将黑板抹干净。同学们开心地笑了。

　　这位化学老师的良好品德体现在许多小事中，是有口皆碑的。那天他讲课的内容是"碳"，他问："谁能告诉我，碳是干什么的？"有人说："烧火。"大家哈哈笑。老师说："倒也没错，但烧了太可惜，不如给它加温加压，到一定程度，碳会变成石墨。而石墨可以做铅笔芯、做坩埚，那样就更有价值了。"

　　这样的化学课显得很生动有趣，大家都认真听。"可是，"老师接着说，"如果继续加高温高压，再到一定程度，你们说碳会变成什么？……钻石！哇，那样我们就发财了！"

　　有个同学马上问："需要多大压力？高压锅行不行？"

教室内哗然，少男少女们神采飞扬，议论纷纷。老师笑着摆摆手说："安静！我告诉你们如何发财——碳变成钻石需要——像韩信钻胯那样大的压力！"

我们当然不相信，但都抬头傻傻地听："韩信钻胯前，是个要饭的；而从胯下出来不久，就成了中国古代著名将领……"

老师说："虽然这个类比未必恰当，但是，我要告诉大家，韩信所承受的压力，也许比碳变成钻石所承受的压力大一万倍！你们走上社会后，将会面临各种各样的压力，如果你们将来有心灰意懒的时候，就请回想一下我今天上的化学课……"

我一直记得这节化学课，也一直把自己看作社会中的一块"碳"，尤其在我面对压力的时候，我会暗自兴奋。

自卑既可以毁灭一个人的斗志，但也同样可以促成一股巨大的精神动力。

自卑的力量

那个男人腿坏了，落后的医学无法救他，他成了瘸子。因此，他的青年时代是在痛苦中度过的。相对于这个世界，他是一个需要照顾的人，说白了，他就是"残废"。在别人或怜悯，或嘲笑，或漠然的眼光中，他的内心充满了自卑。他被自己的缺陷深深地击中了。他的名字叫罗斯福，美国人。

那个男人太高傲了，他特立独行，充满了叛逆精神，为此，皇帝很讨厌他，想狠狠地教训他一次。如果砍他头，那也罢了；但是，皇帝下流地阉割了他的生殖器！这种奇耻大辱几乎可以毁灭一个男人的终生啊！无论生理上还是心理上，他都不再是一个正常人，甚至连"残废"的称号也不配！他是谁？他是司马迁，中国人。

他是米谷商人的第二个儿子，家庭富足，但他认为自己的童年并不快乐。因为他从小便是个驼子，行动不便且不说，在别人眼中，他常常沦为小丑、笑料。他是孤立的、孤独的，世界与他之间一直拉开着巨大的距离，他难以逾越那道鸿沟。他成了一个"生活在别处"的人。他叫阿德勒，奥地利人。

罗斯福生命不息、奋斗不止的精神在美国是家喻户晓的。司马迁发奋著述，终成煌煌《史记》，在中国也是妇孺皆知。阿德勒则不为多数人了解，但是，他独树一帜的心理学思想与弗洛伊德并驾齐驱。

他们的成就与他们的缺陷形成鲜明对照。阿德勒在《自卑与超越》中认为，成功者离不开自卑，他们必须在自卑的动力驱使下，走出自卑的阴影，在更高、更远的地方找到生命的补偿。

看来，自卑既可以毁灭一个人的斗志，但也同样可以促成一股巨大的精神动力，使人在绝望中奋起，爆发出灿烂炫目的光芒。

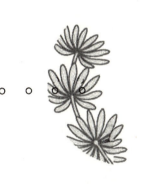

第五辑

发现智慧

大脑是绿洲，思想是生命。

赌

　　一个暴君，一个哲人。他们同时生活在一座城市中。当然，暴君是统治者，哲人是被统治者。如果统治者是钥匙，被统治者是锁，那么事情就会很简单、愉快；但在我这篇文章中，暴君是矛，而哲人是盾，因此事情既不简单，也不愉快。

　　暴君指着哲人的鼻子吼："你，必须从内心臣服我!"哲人笑笑，不说话。"否则，我杀你!"哲人笑笑，不说话。暴君唰地抽出利剑。哲人笑笑，不说话。暴君忽然笑了："不会让你这么痛快地死的!"哲人笑笑，不说话。

　　这时上帝来了。暴君伏于地；哲人谦卑地躬下腰。上帝说："孩子们，不要太吵闹。"他指着暴君说："你一吵闹，我就痛苦难忍。"他又指着哲人说："你一思考，我就想笑。"（米兰·昆德拉说过，人们一思索，上帝就发笑。）然后，上帝建议他们一同穿越沙漠，不带任何补给。谁活着出来，谁就是王者。

　　暴君骂骂咧咧地上路了，他很自信。多年的厮杀、搏斗生涯使他很藐视沙漠。而哲人依然笑眯眯的，不见任何异样。

前两天，暴君一鼓作气，遥遥领先。他计算过：骑骆驼穿越沙漠需要六天，而他加把劲，估计五天足矣。哲人并不知道他要多长时间，如果死了，他就去见上帝；如果活着，他就去云游四方。因此，哲人安步当车，只是偶尔考虑一下前进的方向。

第三天，哲人远远地看见沙漠上有个小黑点。渐渐走近，发现是暴君。那时，暴君又热又累又饿，不堪重负，脱得只剩下一条裤衩，坐在沙丘上。看见哲人，他傲慢地站起身，拍拍屁股，与哲人一块前进。哲人一直不说话，世界很静默，只听见脚踩沙子的声音。暴君终于忍不住了，问："你，不渴吗?"哲人笑笑。暴君又问："你，不饿吗?"哲人笑笑。过了好一段时间，暴君恼怒地叫道："你，不感到寂寞，不感到无聊吗?"哲人笑笑。"你，可恶至极!"暴君说，"若有剑，我立刻杀你!"哲人笑笑。

第四天，两人都有些垮了，走得很艰难。暴君一路咕咕哝哝，像是与哲人对话，又像是自言自语。哲人脸上也不再有往日的笑容，但沉默依旧。沙漠越来越静默了。

第五天，暴君远远地落后了，他的精神已处于半失常状态，胡言乱语着。静默的沙漠对于他，就像刀山火海一般沸腾、喧嚣。哲人也极端疲惫，难以支撑的样子，但他依然挪动着脚步，没有停歇。除了辨别方向，他的脑海像沙漠一样静默，像宇宙一样空旷、自由。

第六天，暴君在癫狂中迷失方向，后来再也没有人见过他。而哲人也快不行了，常常虚弱地栽倒，但方向感还在，他爬啊爬啊……

　　早晨的阳光很好，露水也很滋润。哲人睁开眼，看见不远处有小镇、村庄。他笑了：大脑是我的绿洲，沙漠小于我的心灵，思想是我的生命。

人的惯性思维也许来自于对事物的固有认知，而这时的知识对于人而言，就成了一种限制。

让想象力打破思维惯性

也许这只是一则笑话：美国宇航局曾经为圆珠笔在太空不能顺畅使用而苦恼，提供巨资请专家研制新式品种。两年过去了，该科研项目进展缓慢。于是，宇航局向社会悬赏，征求此种"便利笔"。不料，很快来了一个小伙子，他向惊讶的官员们出示自己的"研究成果"——一支铅笔！

多年前在课堂上学过《曹冲称象》：年幼的曹冲在大人们束手无策的时候，想出用石头装船的办法，令大人们啧啧称奇！在老师的讲解下，我至今也很敬佩这位古代的小孩。

但最近情况有变，我在一本书上看到，某少年竟然批评曹冲的行为愚蠢！因为曹冲称象的时候，有很多士兵在场，让士兵们代替石头上船就行了，何必来回搬运那些笨重的石头！

我所在的城市里有不少枫树，每到秋天，红红的枫叶落下来，就被当作垃圾焚烧或运走。虽然也有人捡一两片回家夹在书中，但没有谁认为枫叶还能创造更大的价值。

心灵花园

　　直到游北京香山我才发现，彼处的枫叶竟然被制成各色各样的小工艺品，有书签，有贴图，有假花，有头饰；同样的枫叶，还被制成蝴蝶、鱼、鸟等形状，多姿多彩，甚为吸引眼球。由于价格便宜，游客们也乐于慷慨解囊……

　　人的惯性思维也许来自于对事物的固有认知，而这时的知识对于人而言，就成了一种限制。以上几则关于"铅笔""称象""枫叶"的小故事，其实没有多么深奥的内涵，只是灵机一动，是想象力——想象力有时比知识更重要，也许还是知识的源泉呢！

世上大多数人都以平凡、平庸告终，但我并不认为这是正常的——相反，是可惜的。

发现智慧

多年前读过一则外国新闻：一辆重型卡车压住一个男孩的腿。司机惊呆了；而男孩的母亲呼啸着从远处狂奔而至，两手猛地将卡车掀起一点，叫儿子爬出来！

即使一个壮汉，恐怕也不会去尝试这种"掀车活动"；但，一位母亲做了，而且成了。我怀疑，每个人——哪怕他在众人眼中很"弱小"，身上都蕴藏着无与伦比的潜力，尤其是智慧。

罗丹认为世界上不是缺少美，而是缺少发现。这个观点里隐藏着"智慧"二字，因为对美的发现需要智慧。同样一棵橡树，在多数人眼里，仅仅是棵"橡树"；而在诗人舒婷眼中，会逐渐幻化为《致橡树》的情与意。"美"的范围很宽广，仅有一颗敏感的心灵去感悟它，可能是片面、淡薄甚至单调的，也是容易忘却的；如果加上一定的智慧，我们就会拥有"高度"。站在"高度"上再去俯视美，我们可能会有更深刻、更多层次的感受，那就快接近本质了。

因此，我将罗丹的观点修改为：我们不是缺少智慧，而是缺少发现。

"平凡""平庸"应属中性词，因为它们只是指目前的状态，而非结局。在结局来临之前，我们的确有一番工作要做。26岁之前的爱因斯坦，并不比我们强多少，其父母也没对他寄予多大希望；而他的俄国老师闵可夫斯基，更是有些讨厌他，形容他为"懒狗"。直至爱因斯坦发现自己的能力倾向，并为之付出热情、付出努力之前，他活得也有些茫然、有些盲目、有些飘忽。

也许发现智慧有一定的偶然性，但任何一个类似爱因斯坦的人，在成功前都有一个共性：他们至少都是在断断续续地读书、学习、思考中，而不是在持久的玩乐、发呆、叹息中。当爱因斯坦被获准"退学"时，他简直比创立狭义相对论时还要快乐！他并不认为自己是课堂的逃兵，相反，他终于在一个合适的时间，找到了一个合适的位置，发现了一个合适的思维方式和思考层面——也就是他的智慧。

当然，我不主张像爱因斯坦那样"退学"。在发现智慧之前，永远不能"退学"（指校园）；而在发现智慧之后，更不能"退学"（指思考）。爱默生说，热爱是最好的老师。其实质是：热爱往往意味着一个人的智慧偏向、能力趋向，保持它，会使自己得到升华。爱迪生说"天才是1%的灵感加99%的汗水"，其实质是：发现智慧后，仍需在运用中才能产生结果。

发现智慧之前，我们显得平凡、平庸；发现智慧后，我们就有了超越自我的可能。"发现智慧"是人生的转折点。虽然这个世界上大多数人都以平凡、平庸告终，但我并不认为这是正常的——相反，是可惜的。因为他们至死都未能发现自己的智慧。

伟人处处可以蹲大牢，凡人处处栽进事儿窝。

一只有较高觉悟的母鸡

我绝不敢犯罪，但我盼望蹲大牢。

我告诉太太："我是个文思泉涌、才华横溢的大丈夫，但是，我的社会属性，使我不得不时时应付来自各方的信息。这些信息无论大、小、好、坏，都直接干扰了我的思维，占用了我的生命，使我无法静处一室，谋划、实施我的传世巨著。每当我拖着疲惫的身躯，从精彩世界返归温馨家庭，懒惰之情便油然而生。那时，我只想与你逗逗趣，抱抱一岁半的女儿，根本没有拾笔铺纸去创造新鲜文字的激情，更甭谈一泻千里的卷帙浩繁了。"

太太告诉我："你，志大才疏、才疏学浅、学浅皮厚，进而导致眼高手低，在空想中自我膨胀。"

我说："否。狂妄是男人的基本动力之一。中国人讲究谦虚，近百年来为此付出过沉痛代价。狂妄与自信一脉相承，只是外表不尽相同而已。当然，自信更成熟，狂妄相对幼稚，但是，很多伟大人物在功成名就后，也从自信转变为狂妄。这，没啥不好。"

太太说："你，作为歪理无限公司总裁，技艺已达到炉火纯青之境。请问，你敢在外边狂妄吗？"

我说："不敢。因为这会给他人造成压力，激起民愤；我所拥有的狂妄，是精神的自我给现实的自我的一篇篇演说词。这个自我站在云端，向地上的自我振翅高呼——飞翔吧！飞翔吧！你会获得巨大的光荣和自由！那时，我无法不激动，无法不跃跃欲试；但是，一个电话铃，一纸公文，就足以摧毁我起飞的引擎。"

太太说："现实生活宽容你的梦想，但不赞成你的行为。请你直奔主题吧！"

我说："我盼望蹲大牢。真正有志于思想、有志于艺术的人，都该去蹲大牢。自古以来，现实生活都是凡人的乐园，而非思想者的殿堂。虽然生活给了我们基本的营养，但是，孕育、分娩高于生活的作品时，却需远离它的干扰。因为市井的喧嚣就像沙尘暴，能压倒我们的激情（狂妄），打倒我们的创造，使我们无奈地哼唱起港台流行歌曲——平平淡淡才是真。虽然我们的创造结果最终要现实生活认可，但在这之前，我们必须去蹲大牢。"

太太问："文史哲大家中，有几位是从大牢里出来吗？"

我说："很少。这个大牢未必有高墙铁网。托尔斯泰的农庄，就是他的大牢；巴尔扎克的阁楼，就是他的大牢；行驶中的火车厢，是萧伯纳的大牢；英国切塔姆图书馆，是马克思的大牢……"

太太问："你的书房就不是大牢吗？"

我说："不是。这就是凡人与伟人的区别。伟人处处可以蹲大牢，凡人处处栽进事儿窝。草堆边的凤凰，能参禅悟道；而草堆边的母鸡，只会忙着找谷粒和小虫。我，作为一只有较高觉悟的母鸡，思想上已萌生蹲大牢的倾向，但树欲静而风不止，我无法……"

"无法以主观压倒客观，说到底，蹲不蹲大牢，还是你自己的事，何必找那么多理由？何必去埋怨生活？"太太说。

适应环境本身就是奋斗的组成部分。

奋斗的另一面

最后一课。社会心理学教授躺在讲台上的摇椅中，悠闲地告诉他的学生们："'奋斗'这个词已被讲滥了，它通常是指一种强硬的人生态度，主张不屈不挠，勇往直前。但事实上，人面对社会乃至整个自然界，是极其渺小、无力的，因此，不要因为年轻的激情，而被'奋斗'这个词误导。"

学生们很惊奇，这样的谬论，竟然由敬爱的导师躺在摇椅上讲出来，活像某个小品中的场景。

教授显然看懂了台下的情绪，笑呵呵地点燃一支香烟，说："在我看来，奋斗包含两个层面——积极斗争和消极适应。请大家随我走一趟。"

数十号人马，浩浩荡荡地进入教授家门前的草坪上。教授指着一棵老槐树说："这里有一窝蚂蚁，与我相伴多年。"学生们凑上前观看，发现树缝里有小洞，小蚂蚁们东奔西跑，进进出出，很热闹。教授说："近些日子，我常常想办法堵截它们，但未能取胜。"学生们发现，树周围的缝隙、小洞大多被泥巴、木楔给封住了。"可它们总是能从别处找到出路。"教授说，"我甚至动用樟脑丸、胶水，但是，它们都成功地躲过了劫难。有一段时间，我发现它们唯一的进出口在树顶，这是很不方便的；而一周后，我发现它们重新在树腰的空虚处开辟了一个新洞口。"

学生们表示钦佩。教授说："蚂蚁们的生存环境不比你们广阔，它们的奋斗舞台实在很狭窄，但更重要的是，它们深深理解自己的力量，因此，它们没有与我这个'命运之神'对抗，而是忍让与适应。当它们知道自己无法改变洞口被堵死这一事实时，它们就很快地适应了。而自然界中那些善于拼搏、厮杀的猛兽们，如狮子、老虎、熊，目前的生存境况大多岌岌可危，因为它们与蚂蚁相比，似乎不太懂得奋斗的另一层力量——适应。"

教授说："适应环境本身就是奋斗的组成部分，只有在此基础上开辟战场，去认真生活，才有胜算的光明。好了，祝你们奋斗成功！"

我年轻时，为了眼前的东西，错过了很多更大、更美的机会。

不要错过远处的风景

车子很拥挤。两个小时路程，中途将有人陆续下车，或许可以抢个座位。我与一位老者并肩站在窗边，不时感受到来自多方的压力。人的确太多了。有个座位真好。

老者平静地站着，凝视窗外，似乎在思考什么。他穿着朴素，神态淡然，像个知识分子。我问邻座："你在何处下车？"他说："B站。"我心中一喜。

约十分钟，抵达A站，前方有人下车，秩序忽然混乱。某壮汉迅速抽身，抢得座位。另一些人既羡慕又恼火地盯着他。

我发现，除了老者，大多数站着的人都心神不定，随时准备占领座位。我也随之提高警惕，以免到B站出现疏忽。

这时，我在嘈杂中听见一声叹息，是那位老者，他依然凝视窗外，嘴角露出笑意。顺着他的目光看去，是一条大河，在野外波光粼粼地蜿蜒游动，河上有点点小帆。

抵达B站，邻座起身。我立即半遮住座位。老者茫然地扭头瞅瞅我。我有些害羞地说："老人家，您，请坐吧。"老者客气地笑笑说："还是你坐吧。"正在此时，一个小伙子捷足先登，一下子钻到座位上。我很恼火，却没办法。

老者竟有些歉意，再次向我笑笑；我摇摇头，懊恼地站着。

"窗外的景色很美啊。"老者说。我答："是啊。"老者又说："那田地，那河流，那山脉，值得好好品味。"我哧哧笑了。老者不解地瞅着我问："不是吗？"我答："是的，是的"。老者似乎明白什么，说："笑我迂腐吗？"

老者沉默片刻，忽然挺亲切地拍拍我肩膀说："小伙子，大家都在抢座位，却没人留心车窗外的风景，真的很遗憾。这段路，就非得坐过去吗？就不能一路欣赏着过去吗？"

我有些感动，怀疑他是位诗人。老者又说："我年轻时，为了眼前的东西，错过了很多更大、更美的机会；现在，我不再关注这些，只想多看看远处的风景。"

我内心一震，忽觉无限轻快……

一次背后的称赞居然将"敌人"化作朋友,这事儿我至今难忘。

背后的称赞

我在某部文工团当兵的时候,隔壁汽车连有个西安兵叫余军,喜欢来文工团找他的老乡娜娜聊天,其实醉翁之意不在酒,大家都明白的。由于当时我和娜娜有那种"感觉",所以,我对余军来找她的行为很抵触,却又不好说。

久而久之,余军和文工团的人都混熟了,唯独我很少搭理他。此人性情粗犷,脾气有些暴躁。一次节日会餐时喝多了,他又来文工团找娜娜,和一个兄弟发生口角,继而打起来。我上前劝阻,他满怀敌意,竟然准备揍我。从那以后,我和他之间更难建立友谊。

但是,不久后在三公里外的教导队集训时,我却和余军分到了一个班,还睡左右铺。他见了我,哼哼一声,我也不过点点头。连续数日的"相处",彼此都感觉挺不自在。也就是这几天,我发觉余军言行虽鲁莽,心地却不坏,是个坦荡、豪放的性格。

一天晚上，娜娜给我打来电话，简单聊聊。我觉得意犹未尽，又提笔给她写信。信中提及余军，我说了以前对他的一些误解，然后称赞他的为人，"是一条黄土高原的汉子"。写完后，我将信送到教导队收发室，看见余军正在那里和老乡拉呱。

　　第二天，意外情况出现了：余军好像变了个人，见了我居然露出笑容，渐渐地还开始称兄道弟，晚上睡觉时与我东拉西扯的，俨然是一对哥们。我当然乐于顺水推舟，和他处得很融洽。

　　集训结束后，我回文工团，而余军调到远方的部队，从此很少联系。

　　直到有一天，娜娜问我："你去教导队给我写了封信，还记得吗？"我当然记得，那是唯一一封信。她又好奇地问："那你怎么敢让余军带给我呢？"我很惊讶："谁让他带了！"

　　娜娜笑了，说："那么，他肯定私拆你的信件了。"

　　如此一想，我释然：难怪他后来忽然对我那么亲切，原来这小子偷看了我对他的褒奖之词！而且，是在给他喜欢的人的信中！

　　一次背后的称赞居然将"敌人"化作朋友，这事儿我至今难忘。

无论成败，你都不要在他们面前或昂首或低头。成败可以轮换，但人不会轻易改变。

你还是你，他们仍然是他们

他在镇上某单位任主管的时候，周围有一批追随者，凡事都顺着他，拥护他，甚至一些家庭事务，他们都为他考虑到了。他很感谢这些追随者，同时也很惭愧，不知如何回报他们。

正当他的事业如日中天时，单位出事了。上级接到举报，派人来清查财务，发现重大问题。而他对此却不知所措，一片茫然。在事情没有调查清楚前，他不得不老老实实待在家中，单位的工作也由别人代管。

这时，原先的追随者们都不见了。偶尔在路上碰到，他们也只是点点头，再也没有先前的寒暄，这个长啊那个短的。他感到陌生与寒冷，像置身于茫茫雪原，但也只有低着头，默默忍受。

半年后，事情水落石出，他的前任进了牢房，而他在这次调查中显示出几年来的政绩，被上级领导赏识。官复原职不久，他被借调进县城，暂时负责某部门工作。

离家 25 公里，很多事情无法顾及，妻小的生活常常遇到困难。正当他为此忧愁时，原先的那批追随者又挺身而出，主动为他解决许多问题，让他得以安心在县里工作。而且，这些追随者每次上县城，必定会去看望他这个老领导。嘘寒问暖间，他发现，他们普遍认为他将有更光明的仕途。

不久，借调他到县里来的那位领导因病提前退休，而新任领导却无意正式调动他，他只好又回到镇上。这在原单位引起不少议论与猜测，怀疑他出了什么问题，有人甚至断言他干不长了……

原先那批追随者再次悄悄隐退……

多年后，我刚涉足社会时，他说了以上的经历，并反复告诫我："只要你活在世上，周围注定会有一批人，或许是朋友，或许不是朋友。如果你干得好，他们会非常像朋友；如果你干砸了，他们或许会非常不像朋友。但无论如何，你得平心与他们相处，还要善待他们。他们看重的，不是你这个人，而是你的成败。他们对你本身并无兴趣，只是对你的成败有兴趣。"

因此，无论成败，你都不要在他们面前或昂首或低头。成败可以轮换，但人不会轻易改变——你还是你，他们仍然是他们。

他，就是我父亲。

摒弃狭隘的心理，我们可能会看见更广阔、更平和的风景。

敌人与对手

这是一场旷日持久之战，双方死伤甚多，疲惫不堪。但是，胜负终于在今天揭晓了。北方军队在将领的策划下，成功地完成偷袭；接着又以迅雷不及掩耳之势，将南方军队全面包抄。北军士气大振，一鼓作气，生擒南军最高统帅。

杀红了眼的北军士兵将南军元帅五花大绑，推推搡搡，打打骂骂，恨不得马上砍他的头。正在士兵们群情激奋之时，北军大将赶至。

大将喝退士兵，亲手给元帅松绑，也不是劝降，而是请他一同喝茶。在桌子边，两位首脑就此次战争开始了谈话，完全是对等的姿态，没有胜者的狂傲，也没有败者的卑怜。结果，他们谈得很投入，很尽兴。

这是我在一本小说中读到的情节。它使我再次领悟到"位置"对一个人思想和行为的影响：作为士兵，南军元帅是"敌人"，是仇恨的对象；而作为北军大将，南军元帅是他棋盘那边的一位优秀对手。士兵对敌人元帅的仇恨其实源于恐惧心理，而大将对于败军之帅却怀有"百闻不如一见"的久仰之情。

有人将人生（商场）比作战场。如果真是这样，我觉得还是以一名大将之风度审视生活（商场）比较美丽。摒弃狭隘的心理，我们可能会看见更广阔、更平和的风景。

真正的感情与琼瑶无关，而是一种人生哲学。

坚决喜欢你

太太问我爱她有多深，我说："我爱你有几分。"太太嫌我应付，我只好说："爱你比海深。"

太太说我用歌词在骗她。我说没骗她，并指着夜空说："月亮代表我的心。"

太太忽然想起春节联欢晚会，说："赵本山在戏台上也是这么对宋丹丹说的。"我说："那是演小品，我们演绎的是生活；况且，赵本山没有我潇洒，宋丹丹没有你漂亮，怎可相提并论？"

太太稍觉快慰，但又紧追不放，问："你真的能做到一辈子喜欢我吗？"我说："坚决喜欢你。"太太又问："喜欢我一个人吗？"我说是的，但克莉欧佩特拉除外。太太怒发冲冠，问："她是谁？"我说："她是数千里外、数千年前的古埃及艳后。"

太太正色道："我是说知心话，不是与你演小品、斗嘴。"我点头道："是的，但知心话重复一千遍，就像小品一样幽默了。"她问："此话怎讲？"我说："同样的问题，你从初恋问到婚后，这难道不是小品吗？"太太有点惭愧，哧哧笑了。

我抓住主动权，说："花前月下的气氛已经逝者如斯夫，浪漫与现实不可得兼，舍浪漫而取现实也。今后，尽量别再用这些恐龙时代的问题来榨取我的感情词汇吧！"太太立即拧住我耳朵要，说："这么说，你开始厌烦我了？"我咧嘴叫道："非也，50 年后，我会怀旧，怀念此刻耳朵上的幸福与温柔；但古人说，不识庐山真面目，只缘身在此山中。作为当局者，我现在的第一感受的确很疼！"

太太放了我，问："难道浪漫与现实水火不容？"我打个果断的手势，说："否！浪漫的本质是现实之一种，但我不能以此局部去掩盖全部。一叶障目而不见泰山，是危险的。重视现实，是为了更好地浪漫。"太太说我打官腔。我说不是官腔，而是哲学腔，是辩证唯物主义腔。太太说："凭此腔，你就永远不懂浪漫。"我又打个更果断的手势，说："大谬！作为哲学爱好者，我可能是不太懂世俗的浪漫，就像初恋时，我从不在大街上搂你一样；但是，这个世界上，又有谁能做出并挥就'天安门之吻'？"

太太两腮泛起红晕，白了我一眼，说："只有你这个疯子！天安门城楼上那么多中外游人……"

我接过话头说："是的，我就要对着世界第一大广场，做给全世界人民看——中国人有多么豪迈的浪漫之情！而且，你这辈子能忘却当年那一吻吗？这是街头、市井的浪漫可以媲美的吗？"

"所以，我说我坚决喜欢你。你不要看那些又臭又长的言情肥皂剧，那是对青少年一代的情感误导。真正的感情与琼瑶无关，而是一种人生哲学。小情小调没有丰富而深厚的内涵，它像雨像雾又像风，在会计学中，它应列入'低值易耗品'科目。"

我又说："太太，我坚决喜欢你，而且不要你相应的回答；真正的爱无须交换条件，哪怕一句话。我说我'坚决喜欢你'，对我而言，已足矣，因为我把我该说的全部说了，虽然简洁得只有五个汉字。"

我不再以自己的标准去衡量别人时，我发觉气氛相当融洽。

别人的缺点不比我多

刚参加工作时，我对那个环境很失望。我发现同事们基本上都有些毛病。所长是个很中庸的人，做事不干脆，含含糊糊的，谨小慎微，一点小问题也要考虑再三，很难当场听到他的决断。

而副所长截然相反，是位泼辣的中年女性，令我不放心，且有些畏惧。她喜欢多事，爱凑热闹，下班后常常招呼我们打牌。

老黄是个闷葫芦，一到办公室，首先泡杯茶，然后坐在桌边看业务资料，难得他瞅别人一眼。似乎天塌下来，都砸不着他。

阿蓉是个漂亮女郎，却有些俗气，对人只说好听的话，或无关痛痒的话，从未听见她的个人见解。一个随大溜的人……

在这样的环境中生存，的确没什么味道，我越来越不快乐，单位的气氛渐渐使我压抑，而想突破又无从下手。只有忍耐。

2000 年，我们的行业进行改制，单位面临空前压力，大家都有些慌。为了不在市场经济大潮中翻船，同事们都很认真、努力，在过渡阶段配合得很默契。等到工作渐渐走上正轨后，大家的心态平稳了，又渐渐恢复原先的面貌。

这时，我发觉自己已经适应了环境。当我不再以自己的标准去衡量别人时，我发觉气氛相当融洽，也发觉别人的缺点并不比我多。我的内心也常常为此充满欢喜。

第六辑

黑暗中的
灵魂

那些身处无边黑暗中的人，却拥有一双超越常人的"眼睛"，那正是"黑暗"赋予他们的非常财富。

黑暗使眼睛更亮

外婆居住的小镇上，多年前有个叫李二的盲人开的杂货店。那时我和两个表弟青春年少，喜欢恶作剧，偶尔会去捉弄李二。

"掌柜的，给我们来一盒闪光炮！"我喊道。其实，我们并非真心买他的东西，而是在打赌：请李二取三次东西，如果每次都能一步到位，我就输了；如果有一次他拿错了，我便赢了。

当李二刚刚抓住一盒闪光炮时，大表弟在一旁说："嘿，买什么鞭炮？还是来一瓶橘子汁吧！"李二一愣，回头"望"我们，我假装顺从道："那好吧，来一瓶橘子汁。"李二只好移动身子，从另一格货架上取橘子汁。刚拿上手，小表弟发话了："果汁有什么好喝？弄一盒东海牌香烟抽抽吧！"李二不快地说："你们到底要什么？"我赶紧说："行，就要一盒东海牌香烟。"李二咕哝一声，回头，一伸手，准确地取下一盒香烟。

因此，我输了，我得为香烟付钱。

由于李二准确的"取货"能力，镇上曾流行一句话：瞎子瞎，心里亮。据说李二走路从来没出过差错。晚上，别人打手电才敢走的路，他只需手持一根竹竿，就不会摔跤。

但我不服。一次，我又和表弟们打赌：我有一张 5 元假币，如果我能骗过李二，他们就得给我一张真币。

我兴致勃勃来到小店前，叫道："掌柜的，来一瓶酱油。"李二伸手取下酱油，放在柜台上；但接过钱后，手一捏，一摩挲，随即将假币扔回来，一把抓回酱油瓶，道："谁家的野小子？敢骗我！"我们哄笑着逃了。

但几年后，我意外地看到一幕。那时，李二因为得到社会的帮助，上省城大医院治好了眼睛，重见光明。那天下午，我们经过他的杂货店时，听见李二的骂声："真缺德！他给我的这 50 元钱是假币……"转身看去，他正对着太阳瞅那张废纸。这个场景使我迅速回忆起几年前的恶作剧——那时他还是个真正的盲人，5 元假币都骗不过他；而今复明了，却被 50 元假币糊弄了！

岁月流逝中，我又"结识"过两位伟大的盲人：阿炳和海伦·凯勒。掩卷沉思中，我发现，有那么多身处无边黑暗中的人，却拥有一双超越常人的"眼睛"，那正是"黑暗"赋予他们的非常财富。开杂货店的李二就是最明显的一例。

多数人一生不成功的根源，可能就是为了满足简单的生存欲望，而非追求生存理想。

欲望与理想

电视上出现一名女子。她的谈话很干练，但缺乏雅致，显然是位新近发迹的老板娘。她说起自己和老公当年创业之艰辛、险恶，充满背水一战、卧薪尝胆之跌宕。她一度心灰意冷，对老公说："人只有那么几米肠子，挣大钱干啥？吃饱饭就行啦！"但她老公说："这不是赚钱的问题，而是生命价值的问题。"

如今，她老公已是一家摩托车发动机制造公司的私营业主，是全国同行业中的佼佼者。尤其他们对质量的重视，已引起中央媒体关注，并对此大加赞赏。

说实话，我对这夫妻二人充满敬佩。与很多成功人士一样，他们出身卑微，都曾混迹于劳苦大众中毫不起眼。但，如今他们已成为令人瞩目的"明星"了。

我很欣赏这对夫妻。首先，我很赞赏这位妻子的"肠子观"，她道出人一生对于物质的需求量是有限的。事实上这也是个很浅显的真理，但再好的真理也难敌欲望一击，又有多少人会如此理解自己的肠子呢？其次，我更敬佩这位丈夫的价值观。他也有生存的欲望，尤其在最初的困难处境中，他完全可以丢开"生命价值"，转而简单地满足自己的"肠子"。多数人一生不成功的根源，可能就是在相似境遇中屈就了后者——但这位丈夫看重的不是简单的生存欲望，而是生存理想。

在此，我将"欲望"和"理想"做了番比较。我发现它们极为相似，都可以简单地视为一种"追求"，不同的是，前者低级，后者高级；前者物质化，后者精神化。或者说，理想是欲望的变种、升华。每个人都有实实在在的欲望，但不见得每个人都有实实在在的理想。

"欲望"多是本能的产物，也只有人才能将它上升为"理想"。可惜的人，一些人津津乐道的事物均笼罩在"肠子"的阴影下而不自觉，是因为越来越具现代化色彩的语言、图像将这一切"文明"化了，比如美元、轿车、别墅。当然，这对夫妻也有自己的轿车、住宅，但那是理想的产物，而不是欲望的结果。

我们可以瞧不起某些暴发户，但不能不敬佩这对夫妻。正如我们可以看轻欲望，但决不能不珍视理想。

如果我们为生活而苦恼，为他人而恼怒，不妨偶尔扪心自问：空气，哪里有卖？爱，哪里有卖？

空气，哪里有卖

芬兰一些小学生曾面临一个测试题：明天就要去月球旅行，现在给你 1000 元，你准备买些什么带着？

孩子们的想象力超过成年人，各种稀奇古怪的主意都出来了，但最常见的携带品是：玩具、食物、饮料、衣服等。

老师在查看答案后，问孩子们："为什么没人购买空气带着？"孩子们很奇怪地问："空气还用买吗？"老师说："当然，一旦到了月球，你们就会急着购买空气了。"

是的，在地球上，没有人为空气标价，因为，价值无边的事物，从来都不需要价格来衡量它的存在；而能用价格衡量的事物，其价值必定是有限的、暂时的。

记得一则故事的结尾：老人临终前，召集儿女到病床前安排分家事宜。兄弟俩争得面红耳赤，妹妹却站在一旁不说话。老人问女儿："你为什么不提出自己的要求？"女儿说："我的要求是，每个人分出一点爱，给爸爸带着上路……"

这也是一个讨论价值与价格内涵的故事，相对于亲情，相对于爱，再值钱的东西都会黯然失色。

现代人在物欲横流的社会中生活得久了，心中盘算的事物大多会归结于金钱，归结于"价格"，包括权力与名声；而真正奠定其生存基础的事物，如大自然，如爱，如纯粹的思想，则常常被漠然视之。如果我们为生活而苦恼，为他人而恼怒，不妨偶尔扪心自问：空气，哪里有卖？爱，哪里有卖？

如果没有死亡，这双眼睛最终可能因疲倦而失去激情，变得丑陋和庸俗。

感激死亡

爬庐山五老峰之前，导游警告我们要小心看风景，以免一失足成千古恨云云。

果然好风景，无须以笔描绘了。只是想起毛主席有诗曰"无限风光在险峰"，就是因为该山的一幅照片而引发的，意境深远，关乎生命的大理想。远方鄱阳湖朦胧的波光像一种自由而宽广的诱惑，令人欲从顶峰起飞，融入山水、蓝天和白云中去。

这种地方是一个终点，人间的事至此基本结束。所谓风景，就是人与大自然合而为一吧？难怪文人骚客们喜欢在这类地方涂鸦，因为他们比常人更多一种漂亮的发泄手段。

下午去三叠泉，又是一处险恶的风景。那上下山的千级台阶似乎是为自杀者准备的。力比多通过毛孔以汗的形式洋溢得漫山遍野。游人如蒙古草原上的兽群。头顶上两座绝壁间的天空，像一道狂暴的裂缝，使我想起伟大的盘古。

泉水至清，虽无鱼，却也灵气十足。飞流直下三千尺，像"MADE IN 天堂"的飘带，总想拽住它攀上去。这块狭隘而坚硬的地方，再次逼迫我要起飞。

　　思维终究未能挣脱肉体。一天下来，我满身臭汗，疲倦中享受着满足。倒在宾馆的床铺，我开始考虑生命是否该在此山慢慢品味至尽头。我愿意作为流浪汉被收留。我要风餐露宿；书，不读也罢。

　　翌日晨，浓雾中，东方有红光弥漫。脚下的山，似乎成为宇宙航母，正载着我驶向一方未知的时空。幻象令我激动，满怀的希冀无处存放，想流点泪水。

　　那时，我深深感受到生命的美好。我深知，死亡将销毁每一个人在大自然的通行证，但是，这不可怕，生命此刻给予我们一双发现美的眼睛，已足够了。如果没有死亡，这双眼睛最终可能因疲倦而失去激情，变得丑陋和庸俗。

　　那个早晨，我在庐山之巅，因享受生命而感激死亡。

在最困难最黑暗的时候，一支烟头的亮光，就能照耀人的心灵。

黑暗中的灵魂

那年发大水，上面派来慰问团，团里有一支合唱队。

合唱队有些不合时宜。白天，人们忙于救灾抢险，哪有时间听他们唱？晚上，人们已累得半死，哪有精力听他们唱？再说，连日阴雨，也很难找到地方给他们搭台演出，即使小城里的几家影剧院，都住满了难民……

但合唱队的领导决心很大，一定要为大家演出。救灾抢险指挥部被他缠得没办法，又不便发火，临时想了个主意：利用菜市场的大棚吧！时间定于每天晚上7点。

晚上7点，天已黑透，且有些寒冷。大棚里灯火通明，映照着稀稀拉拉的数十名听众，场面索然。但是，合唱队仍然准时登场，分几列站在卖猪肉的长条形水泥台上，看起来不伦不类的，就有观众窃笑。

指挥精神抖擞地跨上前"台"。先报"菜单"，一共12首歌：《游击队之歌》《我的祖国》《春天的故事》《黄河大合唱》等。

听众反应平平。这些老歌本没什么稀奇，又在这简陋的环境中，越发叫人提不起兴致。一曲结束，掌声响起，稀稀落落，将气温衬托得更低了。一些人将手塞进袖筒，缩起头。更倒霉的是，《黄河大合唱》刚开始，全场断电。歌声一阵混乱，戛然而止。

幸亏人不多，否则，或许会导致一场骚乱。正当人们转身要走时，忽然，"台"前火光一闪。仔细瞅去，原来指挥在点香烟。"老烟鬼。"有人嘀咕。整个合唱队静静的，站在卖猪肉的水泥台上一动不动。那意思似乎是演出还没有结束。好奇的人们又停下了。

黑暗中，指挥手上的烟头是个小红点。小红点静止片刻，忽然开始划动。歌声起。渐渐地，渐渐地，渐渐地，烟头舞动得更激烈而有力，气势磅礴，整个夜空被雄浑的《黄河大合唱》笼罩了。

那一夜，我听见了世界上最美的歌声和最热烈的掌声。接下来的几晚演出，菜市场大棚内爆满；而且，每到《黄河大合唱》，应听众要求，关掉全部灯光、音响，由指挥用烟头在无边的黑暗中指挥合唱。那时，整个小城响彻这首歌，是听众与合唱队共同发出的。在最困难最黑暗的时候，一支烟头的亮光，就能照耀人的心灵。

自从上过真正的战场，我就不断提醒自己——每到紧要关头，决不要同情自己。

不要同情自己

　　我的指导员是 1984 年国庆大阅兵女兵方阵成员。她曾指着纪录片中的一个身影自豪地说："那就是我啊！"

　　但，鲜有人知道，那令人荡气回肠的经典镜头后，隐藏着不为人知的艰苦磨炼。指导员说："当年，我差点就错过了这一历史性时刻。"

　　当年，集训队驻扎在京郊的一个与世隔绝的地方。女兵们都是优中选优的尖子。但，为期 8 个月的训练只完成一半，指导员就觉得无法忍受了。每天起早摸黑，一遍又一遍地重复着同样的训练。正步，正步，正步！向前，向前，向前！一二三四！一二三四！一二三四！腿都绷成树桩了，脚底的泡连成一片，然后溃烂；再起泡，再溃烂。汗水每天将人腌一遍，军靴坏了六双。有些女孩连例假都没了。指导员说："每天一听到集合哨，就觉得末日到了。"

　　那种感觉，还不如直接上战场面对敌人真刀真枪来得痛快淋漓，是生是死——瞬间决定得了！

　　指导员说："我们背地里将教官称为法西斯，那人特残酷。感冒、咳嗽不准请假也就罢了，有一次我拉肚子，她还是命令我上操场！我在心里一边狠狠地诅咒她，一边随部队去训练。她似乎看到我的情绪，专门找碴儿：拿尺量我脚底与地面的距离，用线测我的鼻尖与整排人马是否对齐。坚持到最后，我都快瘫了，她才给我'开小灶'，命令我一旁站军姿去。

　　"承蒙她开恩，只要求我站半个小时；但同时又要我两腿夹住一根树枝，若掉下来，必须一切从头开始！

　　"我能夹住吗？真的是一点力气也没了，树枝不时掉下来。教官就令我重新站好，然后从头计时。日落西山了，我的军姿已站了一个多小时——何日是个头啊？终于，我忍无可忍，哇地哭起来，当着全队战友骂她：'你是不是人啊?!'教官根本不为所动，冷静地回答：'我是人，更准确地说，我是军人。自从上过真正的战场，我就不断提醒自己——每到紧要关头，决不要同情自己。告诉你，我知道你很苦，但死不了，不要紧的。'我怒气冲天，又不知骂了些什么，她仍然冷静地说：'如果你不愿坚持，可以打报告，然后卷铺盖走人，我不会再管你；但我有责任提醒你，如果你同情自己，你就可能错过一生中一个最值得骄傲的时刻。'

　　"当晚，我强忍睡意写报告。写呀写，撕呀撕。这报告不好写，写来写去，无非要告诉别人：我是懦夫，我要当逃兵！"

　　指导员后来说到这里，就笑了："幸亏这个报告没写成，否则，今天我就没法告诉你们，天安门广场上走过的那个身影是我呀！"

人类其实很简单的——上帝看人，与人看蚂蚁，同理。

绝望产生思想

历史上很多智者，都不见容于他们所生存的时代。这是他们个人的不幸。但作为后人，我们理应举杯相庆，为他们的痛苦，甚至为他们的绝望祝贺。

绝望产生思想。这真是个黑色幽默。伟大的巴尔扎克，直至告别人世，才将十屁股债还掉九屁股，欠着一屁股债升上金碧辉煌的天堂。但他给后人留下的财富，却不是债台的高度可以比拟。

被债务纠缠的人生，注定不美；对于巴尔扎克这样的天才而言，尤其恶劣。他的生命理应充满艺术那高贵的痛苦，却很难与市井里的讨债、还债挂钩。你可以想象：维纳斯胸前叮着一只蝎子是什么感觉？即使对于一个普通百姓而言，终生为还债奔波，他也会学会思考存在的意义，进而学会憔悴。

我个人偷偷在书房中将人类简约地划分成两种：精神的人和物质的人。巴尔扎克之流当属前者；咱老百姓当属后者。前者和大熊猫一样稀罕，而后者就是佛家所言的"芸芸众生"。

事实上，我只是重复了苏格拉底的话：有的人活着是为了吃饭，而我吃饭是为了活着。巴尔扎克显然不是为了吃饭而活着。他的实绩就是明证，他不是个俗人。因此，置身这样的生存环境，他不可能没有类似俗人的痛苦；而作为艺术殿堂的一位神灵，他更会产生绝望。你可以想象一只蝴蝶掉进蚁群的情形。他在对世俗生活的绝望中充斥着对艺术的梦想。如果没有这个梦想的诱惑，我相信他会从那间简陋的阁楼中纵身跳下；而没有绝望垫底，他亦可能不会那么疯狂地在不算长的写作生涯中生产那么多愤怒的文字。他生存在绝望和梦想的夹缝里。如果他没钱追求世俗欢乐的话，那么，他也只有在写作中寻求精神解脱了。

我在阅读的时候认为：类似巴尔扎克的天才们，一生都在寻求某种解脱。走了极端的有海明威、川端康成等。对于这些伟人，我不敢以情感来面对，我只能冷酷地用理性向他们致以最崇高的敬意。

言归正传。"绝望"于天才而言，是一个光芒万丈的词汇。绝望使他们在最狭窄的环境中产生灵与肉的高度分裂。那时，他们绝不是一个正常人，而是一个神游苍穹、俯瞰大地的神。绝望的美丽就在于：它使人不得不躲在一个偏僻角落，反观自身，反观自身的内心和灵魂，对生命进行深层次的、近乎本质的思考。

人类其实很简单的——上帝看人，与人看蚂蚁，同理。

之所以复杂，是因为我们太俗太俗，是因为我们"活着是为了吃饭"，我们在为"饭"而争斗。